あなた方の元に戻るつもりはございません！
2

主な登場人物
シラー
ナイトレイ伯爵家の当主で、アンゼリカの旦那様となる。若くして辺境伯の地位に就いている。「悪食伯爵」の異名を持っているが……？
アンゼリカ
前世持ちの転生者。横領の濡れ衣を着せられて料理番を解雇され、その後ナイトレイ伯爵家に嫁ぐことに。得意分野は料理。義子のネージュを可愛がっている。
ネージュ
アンゼリカの義子。乙女ゲーム【Magic to Love】の攻略キャラの一人で、現在は4歳。実は不思議な力を持っているようで……。

リラ
エクラタン王太子妃で、【Magic to Love】の中で最も恐ろしい女。非常に嫉妬深い性格で、夫や息子に近づく女性を敵視している。
シャルロッテ
アンゼリカの実姉だが、彼女を常に見下している。マティス伯爵領の反乱から逃げ出した先で出会った謎の人物に協力し、アンゼリカの誘拐を企てる。
ラヴォント
【Magic to Love】の攻略キャラの一人で王太子レグリスの嫡子。将来は寡黙でクールな王子様だが現在は少しやんちゃな10歳の少年。
クロード
レイオンの実弟だが、兄とは正反対の内気で物静かな性格。そのため、レイオンから日常的に虐待を受けており、両親も見て見ぬ振りをしていた。家族からは軽視されているが、魔法の潜在能力はレイオンよりも遥かに上。

Contents

序章 —— 3

1章　姉妹対決 —— 12

2章　小さな王子様 —— 48

3章　闇の精霊具 —— 95

4章　兵舎と子供と林檎 —— 195

番外編　特別な日 —— 247

あなた方の元に戻るつもりはございません！ 2

火野村志紀

イラスト
天城望

序章

雨が降り始めてもう何日目かしら？

最初は雨で全部洗い流されてしまえばいいと思っていた。けれど、次第に不安を抱くようになっていった。

だって、マティス邸の使用人たちが相次いで倒れたのよ。爪が真っ黒に変色して、高熱を出して寝込んでしまった。

誰かが「悪魔の雨だ」って話してた。その雨を浴びると、変な病気に罹《かか》るんだって。でも魔法が使える高位貴族は、発症しないみたい。

じゃあ私は？

安静にしていれば治るらしいけど、それまでずっと苦しい思いをしないといけないんでしょ？

そんなのごめんだわ！

怖くて部屋に引きこもり続けた。だけど最悪な生活だった。

侍女が運んでくる食事は、貧相なメニューばかり。焼き上がってから日にちが経って硬くなったパンと、具がろくに入っていないスープ。こんなのレイオンじゃなくても腹を立てるわ。

「ちょっと！　いい加減普通の食事を持ってきなさいよ！」

「も、申し訳ありません。ですが料理人たちもまだ満足に動ける状態ではなく、これで精一杯なのです……」

まだ熱があるのか、侍女の顔色は悪い。

ああもう、タイミングが悪いのよ！

バカレイオンが起こした事件のせいで、多くの使用人が屋敷から去ってしまった。残っていた連中にまで逃げられないように、給料を上げたらしいけど……まさか、そいつらが使い物にならなくなるとは思わなかった。

食事はマズいし、屋敷全体が埃《ほこり》っぽい。ドレスの着付けや化粧もしてくれなくなった。病気も怖いけど、もう我慢ならないわ。私はマティス伯爵に直談判《じかだんぱん》することにした。どんな手を使ってでも、新しい使用人を雇わせるの。

「いい加減にしろよ！　こんな生活もうウンザリだ！　肉食わせろよ肉！」

広間では、レイオンがスープ皿を床に叩《たた》き付けていた。食べることに誰よりも執着していたものね。ああ、見苦しい。

久しぶりに見た婚約者は、髪はボサボサ、口の周りは無精髭《ぶしょうひげ》で覆《おお》われていた。ずっと同じ服を着続けているのか、ツンとした異臭を漂わせている。

「わがまま言わないでちょうだい。使用人たちが動けなくなっているのは、あなたも分かっているでしょう？」

「そうだぞ。苦しいのはお前だけじゃないんだ。辛抱《しんぼう》しなさい」

「うるっせぇな！　だったら新しい使用人を雇えばいいだろ！」

伯爵夫妻がたしなめようとしても、この有り様。本当に顔だけの男ね。せめてアンゼリカを焼き殺してくれればよかったのに、それも失敗してたし。あんな奴と同じことを考えていた自分が恥ずかしくなってきた。

「ちっ……何見てんだよ、シャルロッテ！」

私に気付いたレイオンが、口撃の矛先をこちらに向けてきた。面倒くさいわね。ほとぼりが冷めるまで、部屋にこもってようかしら。

「うちが滅茶苦茶になったのは、お前のせいでもあるんだからな！　責任を取れよ！」

「はぁっ!?」

どうしてそうなるのよ。するとマティス伯爵も、とんでもないことを言い出した。

「シャルロッテ嬢。君が我が家の財産で購入したドレスやアクセサリー類は、全て売却してもらう」

「どういうことですの!?」

「我が家はナイトレイ伯爵夫人への慰謝料だけではなく、王族からの支援金の返済も命じられているのだ」

「し、支援金？」

どうしてそんなものも返さないといけないの？

「あれは、軍属の雇用を促進する目的で支給されたものだ。だがレイオンはそれにも手をつけていたらしく、ほとんど残っていなかった」

「嘘……」

私が睨《にら》みつけると、レイオンが気まずそうに顔を背《そむ》けた。何やってんのよ、このバカ。

「そして、その大半が君の買い物代に消えていったそうだ」

「でも私は何も知らなくて……！」

「それでもあなたの散財ぶりは、以前から目に余るものがあったわ」

夫妻から冷ややかな眼差《まなざ》しを向けられる。好きなものを好きなだけ買って何が悪いのよ。貴族の女は、美しく着飾るのが当たり前でしょう？

「急にそんなことを仰《おつしや》られても困りますわ。少し考えさせてください」

「逃げんなクソ女！」

「キャアッ！」

部屋に逃げ込もうとしたところで、レイオンに後ろから羽交《はが》い締めにされる。その隙に、伯爵夫妻が私の部屋からドレスやアクセサリーを持ち出していく。わ、私のコレクションが……っ！

代わりに押し付けられたのは、伯爵夫人のお下がり。年寄り臭いデザインで、私には全然似合わない。

だけど、いい報《しら》せも舞い込んできたわ。例の病気の特効薬が完成して、無料で支給されることになったの！

これで使用人は全員快復し、ようやくまともな食事にありつけると思っていた矢先だった。

マティス伯爵領で、大規模な反乱が起こったのは。

反乱の原因はいくつもあった。

各地で水害が多発していたのに、マティス伯爵は救援要請の多くを無視した。

騎士団を動かすのは、それだけで費用がかかる。避難所の開設なんてもってのほか。だから、市街地周辺にだけ派遣していた。

そして、雨爪病の特効薬。

マティス伯爵はそれを領民に与えず、騎士団で独占するつもりだった。それがバレてしまったみたい。

「わ、我が騎士団はエクラタン王国にとって守護の要《かなめ》だ。いざという時、動けなくなっては困るだろう。それに雨爪病は不治の病というわけではない」

マティス伯爵の弁解は通用しなかった。

川の氾濫《はんらん》で帰る家を失った領民たちは、最悪な環境の中で病気に罹り、次々と死んでいった。

それに横領の件も、マティス伯爵家の信用を大きく失墜させた。

「横領事件の首謀者がレイオン団長だっただと？　ふざけるな！」

「騎士団はどうして私たちを助けてくれないの？　領民を守るのが騎士団の仕事じゃないの!?」

「伯爵家も騎士団もいらねぇ！　奴らを追い出せ!!」

不満が爆発した領民によって、伯爵邸は焼き討ちに遭《あ》った。

騎士団の兵舎にも、農具を持った領民が押し寄せた。その兵舎にいた兵士は、常時の半数ほど。残りは王都に逃げ込んだり、領民側に寝返ったりしていた。薄情者ばっかりだわ。

「はぁっ、はぁっ……！」

そして私は、燃え盛る伯爵邸からなんとか脱出した。

マティス伯爵夫妻は？　レイオンは？　クロードは？

あんな奴ら、どうだっていいわ。だって私を置いて、先に逃げ出したのよ。

人気のない森を延々と走り続ける。素足は傷だらけで、領民に石をぶつけられた頭からは血が流れていた。

早く王都へ逃げなくちゃ。ボロボロになった私を見れば、きっと助けてくれるはず。

ああもう、どうしてこんなことになったのよ。アンゼリカからレイオンを奪って、薔薇《ばら》色の人生を送るはずだったのに！

行き場のない怒りが、胸の中でぐるぐると渦を巻く。ぎりっと奥歯を噛み締める。

「……っ！」

前方に黒フードを被《かぶ》った怪しい奴が、私を待ち構えていた。先回りされた？　絶望感と恐怖で足が竦《すく》みそうになる。

「怖がらないでください。私はあなたの敵ではございません」

穏やかな声でそう告げられ、我に返る。

「あ、あんた……領民じゃないの？」

「はい。実はあなたに折り入ってお願いしたいことがございまして」

何かしら、こいつの声。聞いているだけですごく心地よくなってきて、恐怖が薄れていく。

「ある者を私の元へ連れてきてほしいのです」

「は、はぁ？　私は今それどころじゃないの！　見れば分かるでしょ!?」

「ええ。ですが、王都に逃げ込んだところで、あなたに手を差し伸べる者は誰もいないと思いますがね」

「そ、そんなことないわよ！　きっと誰かは……っ」

「あなたの素性を知ったら、どうでしょうか？」

「…………」

そう指摘され、何も言い返せなかった。レイオンの婚約者ってだけで、私まで新聞に悪く書かれていた。「犯罪者を育てた覚えはない」と両親から絶縁状が送られてきたから、実家も頼れない。

でも、だったら、どうしろって言うのよ！

「私の頼みを引き受けてくださるのなら、命はお救いいたします」

「だから私は……」

「ナイトレイ伯爵夫人、アンゼリカ様です」

「えっ？」

忌々《いまいま》しいその名前を耳にして、思考が止まる。男が両腕を広げ、悠然と語り始める。

「彼女の存在は、マティス伯爵家崩壊のきっかけを作りました。しかも雨爪病がきっかけで、ナイトレイ伯爵領で反乱が発生するというシナリオも潰《つぶ》されてしまった。残りの3人でも儀式を行うことは可能ですが……今後のためにも、アンゼリカ様には早めに表舞台から消えてもらわなければなりません」

何を話しているのか、よく分からない。そもそも理解させるつもりなんてないのかも。

だけどこいつに協力すれば命が助かって、アンゼリカを苦しめることもできる。それだけははっきり分かる。ふふ、一石二鳥じゃない。

「どうです？　あなたにとっても、悪い話ではないと思いますが」

「……いいわ。詳しく聞かせなさいよ」

なんだかワクワクしてきたわ！

1章　姉妹対決

「外出する際はララだけではなく、必ず護衛を連れて行くこと」

「ええ、分かりましたわ」

「それからネージュだけではなく、君も食事はしっかり摂《と》るように」

「それも分かっていますわ」

「睡眠時間は最低でも6時間以上」

「あーもー、はいはい！」

私のお母さんか。いい加減返事をするのが面倒くさくなり、適当に相槌《あいづち》を打つ。するとシラーは、むっと顔を顰《しか》めた。

「しっかり言っておかないと、君は無理をするタイプだろう。使用人たちが倒れた時も、ろくに休息も取らないで看病をしていたそうじゃないか」

「あ、あの時は緊急時でしたから……」

悪魔の雨が降り止《や》んだのは、つい1週間ほど前。

それから、エクラタン王国では様々な出来事が起こった。

まず精霊具のスポドリもどきは、シラーの計画通り、雨爪病の特効薬として扱われた。

魔法で凍らせた水はなかなか溶けないらしく、現地で少しずつ溶かして患者に分け与えられた。……と、さらっと説明しているけれど、実は氷の魔法を使える貴族は滅多にいないのだとか。そのため、シラーがほぼ全てを凍らせたという。

やっぱりこの人、とんでも人間だわ。普通は魔法をずっと使い続けると魔力切れを起こすのに、ピンピンしていたそうなんだもの。

そして凍らせた水は、『王命』によって各地へ運ばれていった。突然開発された特効薬に懐疑的だった兵士たちも、国王陛下直々《じきじき》の命令には逆らえない。

陛下が協力してくださったことに大感謝ね。今度登城する機会があったら、卵焼きを献上しましょう。

「……ですが旦那様も、少しゆっくりなさればいいのに」

私は唇を尖《とが》らせて、ぼそりと呟《つぶや》く。

雨が止んで、病の流行も収まった。だというのにシラーは王都と屋敷を行ったり来たりと、多忙を極めている。

「そうもいかないさ。マティス伯爵領をあのままにしてはおけないだろう」

私が知らぬ間にマティス伯爵領にて、なんと反乱が発生していたのだ。

水害の公助をサボっていたとか、雨爪病の特効薬を独り占めしようとしていたとか、横領事件の真実が領内に知れ渡ってしまったとか。とにかくいろいろなやらかしが重なった結果、領民たちの怒りが爆発したらしい。

伯爵邸に火が放たれ、マティス騎士団は壊滅。

幸いなことに伯爵一家は救援にやって来た炎熱騎士団によって救出されたものの、私の姉、シャルロッテだけが行方不明だと新聞にも載っていた。ちょっと心配。

事態を重く見た国王陛下はすぐに対策本部を設置し、シラーも召集されることになった。かといって、伯爵としての業務をアルセーヌに任せきりにするわけにもいかず、こうして二足の草鞋《わらじ》を履《は》いているというわけだ。

…だけど、ちょっとおかしい気がする。

私の記憶が正しければ、領内で反乱が起きて滅びるのはナイトレイ伯爵家だったはずよ。マティス伯爵家は『Magic To Love』では健在だった。

私が知っているマジラブと同じようで、少し違う。

「では、そろそろ行ってくる。さっき僕が言ったことは……」

「もう、分かってますわ。本当に過保護ですわね」

だけど、そういうところに私は何度も救われている。他の貴族からのやっかみもあって『悪《あく》食《じき》伯爵』なんて最悪なあだ名を付けられているけど、根本的に誠実で優しい人なのだ。

しかし私の言葉に、シラーはぎくりと表情を強張《こわば》らせた。

そして「嫌なら、干渉しない」と一言。

えっ、なんか思ったよりもショック受けてる⁉　誤解を解くべく、私は高速で首を振った。

「全っっ然嫌じゃありませんわよ！　むしろ好きですし！」

「……好き？」

「あっ、いえ」

シラーが目を丸くしてその単語を繰り返すものだから、咄嗟《とっさ》に否定した。

この人が私を娶《めと》ったのは、横領で捕まった私を救うためだった。無事に無実を証明できたあとも、なぜかずっと屋敷に置いてくれているが、それもネージュが私に懐《なつ》いているからだろう。

前妻の起こした事件がトラウマで、恋愛にも興味がなさそうだし。妙な誤解をされて、距離を置かれるのはちょっと嫌だ。

「好きというのは、あくまで人間的に、という意味ですわ」

「人間的にか」

「ええ！」

だからお気になさらずに。そう続けようとしたところで、シラーが再び「人間的に」と復唱した。心なしか元気がなさそうに見える。

「だ、旦那様？　お疲れのようでしたら、少しお休みになった方が……」

「いや、大丈夫だ。それじゃあ、行ってくる」

全然大丈夫に見えませんよ。見るからに足取りが重いし、背中もちょっと丸まっている。テンション激下げの旦那を乗せた馬車を、私はただ見送ることしかできなかった。

◆◇◆◇◆

「おとうさま、いっちゃったの……にんぎょさんもずっとおしごと……」

ネージュが寂しそうに窓の外を眺《なが》めている。

「奥様、水差し丸はまだ返ってこないんですか……？」

見兼ねたララが私にこっそり聞いてきた。

水差し丸（命名・ララ）とは、前述した雨爪病の特効薬を作り出した水差しの精霊具だ。シラーがエクラタン城に持って行ったんだけど、一向に返却されてこないのよね。

「……帰ってくるのかしら」

「えっ。でもナイトレイ伯爵家の所有物ですよ？」

それはそうなんだけどね。だけどあの精霊具は、水を無尽蔵に生み出すという、一見地味だけどチート級の能力を秘めている。シラーの言う通り、戦争の引き金にもなりかねない。我が家で管理していていいのか、検討しているのかも。

とは言っても、水差し丸も立派なナイトレイ伯爵家の一員。ネージュも寂しがっているし、そろそろ返してほしい。

「うーん。今度旦那様が帰ってきた時に聞いてみるわ」

「お願いします。この子も寂しがっていますから」

ララは取っ手に赤い宝石が付いたフライパンを私に見せた。

彼もまた、ナイトレイ伯爵家が管理している精霊具だ。発火能力を備えているので、どこでも料理ができるし、それと卵焼きが綺麗《きれい》に作れる。

火のフライパンと水の水差し。相性が悪そうだなと思いきや、ネージュ曰《いわ》く「とかげさんとにんぎょさん、なかよしなの！」らしい。私たちが知らぬ間に、精霊具同士で友情を築いていた。

「ん？　なんか全体的に湿ってない？」

「そうなんですよ。ネージュ様の呼びかけにも、応えてくれなくなっちゃいましたし」

水差し丸もそうだけど、精霊具って結構メンタルが弱い。カビでも生えたらどうしよう。

シラーもなんだか元気がなかったし、我が家の空気がどんどん暗くなっていくような。

「ネージュ、お庭をお散歩に行きましょう?」

「おさんぽ?」

我が家のアイドルが寂しそうな顔で、こちらを振り向く。

「ええ。木の精霊さんたちも、ネージュに会いたがっていると思うわ」

悪魔の雨が止んだあとも、用心して庭園の散歩は控えていた。高位貴族は雨爪病を発症しないと言われているけど、何があるか分からないもの。だけどそろそろ大丈夫よね。


「おっさんぽ、おっさんぽっ!」

初めはあまり気乗りしていなかったネージュも、庭園を歩いているうちに元気を取り戻している。うんうん、やっぱり気分転換は大事よね。

長期間雨が降り続けていたにも拘《かか》わらず、庭園が美しい景観を保ったままなのは、ひとえに木の精霊と庭師のおかげだ。

私やララには何も見えないけれど、周囲には木の精霊たちがたくさんいるみたい。ネージュが、何もない場所に向かって手を振っている。

「あ、おかあさまのおめめの、おはなさいてるの!」

ネージュが声を弾《はず》ませながら、ある一帯を指差す。そこには緑色の花びらを持つ薔薇がたくさん咲いていた。

こちらの世界でも、グリーンローズは希少なのだとか。

以前から植栽されていたが、最近はその数が増えた気がする。よく見ると、深みのある濃緑から淡い色合いのものまで、様々な品種が育てられている。

「旦那様って緑色が好きなのね」

「ネージュ様が言うように、奥様の瞳と同じ色だからじゃありませんか？」

ララが目を輝かせながら言う。

「……そうかしら？」

「そうですよ！　ああ見えてロマンティックなところ、ありそうじゃないですか！」

お、おう。急にテンションの上がったララに少し気圧《けお》される。さてはこの子、意外と恋バナが好きだな？

「あ、そうだ。せっかくだから、少し切って奥様のお部屋に飾りましょう。ちょっと庭師からハサミを借りてきますね！」

そう言ってララが颯爽《さっそう》と走り出す。なんだかやけに張り切っているわね。

それじゃあ、待っている間にどの薔薇にするか決めておくか。

「ネージュはどれがいいと思う？」

「えっと……このおはなっ！」

ネージュが選んだのは、文字通り透き通るような花びらの薔薇だった。まるで宝石細工のようで、思わず見入ってしまう。それに鼻を近付けると、マスカットに似た香りがする。私はフローラル系よりも、こちらの方が好きかもしれない。

「奥様、ただいま戻りました！」

ララが剪定《せんてい》用のハサミを持って戻ってきた。

「おかえりなさい。それじゃあ、よろしくね」

「はい。それでは、すぐに片付けてしまいましょう」

ララがちょきん、ちょきんと薔薇の枝を切っていく。

「……ララ？」

手早いのはいいんだけど、切り方がちょっと雑なんですが？　適当なところで切っているから、長さも葉の枚数もバラバラだ。この子、こんなに剪定が下手だっけ。

「おかあさまのおはな！」

「ふふっ。お近くでご覧になりますか？　どうぞこちらへ」

「うん！」

ネージュが薔薇を抱えたララへと近付いていく。

「……ネージュ！」

私は咄嗟にネージュの腕を引き、後ろに下がらせた。

「どうなさいましたか、奥様」

どうしたもこうしたもあるか！

私はこの目ではっきりと見たわよ。この女がネージュの腕を掴もうとする瞬間を！

「あなた、誰……!?」

目の前にいるのは、確かにララだ。だけどララじゃない。私の第六感がそう警告している。

私の問いかけに、ララの姿をした何者かは目を丸くして固まった。けれど、すぐにニヤリと口角を吊り上げた。

あれ？　この笑い方、どこかで……。

「なぁーんだ、バレちゃったのね。相変わらず腹の立つ妹ね」

嫌みを含んだその声に、ぎくりと体を強張らせる。

「あなた、まさかお姉……っ」

ハサミの切っ先を喉元に突き付けられ、私は息を呑んだ。

「まあいいわ。黙って私についてきなさい」

私の姉、シャルロッテは、手にしていた薔薇を投げ捨てながら私に命じた。

ガタンゴトンと、不規則に揺れる車内で、私は膝を抱えていた。

シャルロッテに脅されて、屋敷の裏に停めてあった馬車の荷台に押し込められたものの、両手足を拘束されることはなかった。

その代わり、横にいるオッサンAにナイフを突き付けられている。

隙を見て荷台からアイキャンフライすることも考えたけれど、オッサンBとオッサンCが片隅で私に目を光らせているのでたぶん無理。荷台全体に分厚い布が掛けられているので、大声を上げたところで外界に届くかは微妙だ。

そして、私の正面ではララ……の姿をしたシャルロッテが鼻歌を歌いながら、ハサミをチョキチョキと動かしている。あんたはサイコパス殺人鬼か。

「うふふ。まさかここまで上手くいくとは思わなかったわ。簡単過ぎて拍子抜けしちゃった」

「……本当にシャルロッテ姉様、ですわよね？」

半信半疑になりながら質問する。見た目だけなら、どこからどう見てもララだ。反乱に巻き込まれている間に、何があったのだろうか。

「やだわ。姉の声を忘れちゃったの？　薄情な妹ね。私は大変な目に遭ってたのに、どうせあんたは、あのイケメンな旦那とイチャついてたんでしょ？」

「はい？」

見当違いの恨み節を吐かれて、私は目を丸くした。

「そんな文句を言うために、私を攫《さら》いましたの？」

動物並みに短絡的な姉なら、やりかねない。半ば呆《あき》れ気味に尋ねた途端《とたん》、私の足元にハサミが突き刺さった。

「口の利き方に気を付けなさい。あの人にはあんたを生きたまま連れてこいって言われてるけど、抵抗するなら痛めつけてもいいって許可をもらってるんだから」

血走った目で凄まれ、身を縮めながら「モウシワケアリマセン」と答えるしかなかった。少しでも機嫌を損ねようものなら、今度は脚をグサッとやられるわ。

この口振りから察するに、首謀者がいるのだろう。姉はあくまで、実行犯に過ぎない。

ここは慎重に、慎重に。シャルロッテを怒らせないように言葉を選ぶ。

「私を攫ってくるように頼まれるなんて、流石《さすが》はお姉様。その方に信頼されてますのね」

とりあえずおだててみる。何が流石なのかは私にも分からないけど、おだててみる。ワンチャン釣られてくれないかしら、と祈りながら。

「そうでしょう？　彼は私の才能に気付いて、手を差し伸べてくれたの。顔だけが取り柄のレイオンとは大違いね。見る目があるわ」

シャルロッテは恍惚《こうこつ》とした表情を浮かべながら、自分の体を抱き締めた。ちょっと、ララの姿で悦《えつ》に浸るのやめてくんない⁉

それはさておき、無事に一本釣りされてくれた。彼と言っているので首謀者は男。もしかしてシラーを敵視している貴族だろうか。

「そして私の隠されていた力を目覚めさせてくれたの。……ふふ、よーく見ておきなさい」

調子に乗ったシャルロッテは、オッサンBとCに視線を移した。彼らの表情が引き攣《つ》る。

「ま、待て！　何をするつもりだ！」

「俺たちは仲間だろう！」

「仲間ぁ？　あんたたちはただのドブネズミよ」

シャルロッテが口角を上げ、赤いマニキュアが塗られた指先を男たちに向ける。その目が赤く光った。

「うわぁぁぁっ……！」

オッサンたちが荷台から飛び降りようとする。けれど次の瞬間、彼らの体は赤い光を帯び、パッと姿を消してしまった。

ううん、消えたわけじゃない。よく見ると彼らがいたところに、2匹のネズミが呆然《ぼうぜん》と固ま

っていた。……ってネズミ⁉

「うふふ……あはははは っ！　さっきのむさ苦しい見た目より、そっちの方がお似合いよ！」

シャルロッテのけたたましい笑い声が、薄暗い空間に響き渡る。確かに手のひらサイズで、丸みのあるフォルムもハムスターっぽくてキュート……じゃなくて！

「い、今のは……魔法？　なんでシャルロッテが？」

私は目の前の光景に混乱していた。魔法が使えるのは高位貴族だけじゃないの……⁉

「呼び捨てにするんじゃないわよ！　芋虫《いもむし》に変えられたいの⁉」

シャルロッテが恐ろしいことを言いながら、私を指差してきた。テンパってタメ口になったのは悪かったけど、芋虫は勘弁して。私が生まれ変わりたいのはシマエナガちゃんであって、うねうねと蠢《うごめ》く毛虫ではありません！

「チュウウウウッ！」

視界の隅で何かがシャルロッテへ駆けていくのが見えた。

「はっ⁉　何よこいつ、いつの間に……っ」

1匹のネズミがシャルロッテの顔面にダイブし、鼻に思い切り齧《かじ》り付く。「いったぁぁぁ！」と甲高い悲鳴が上がった。速報：オッサンネズミの逆襲！　という赤いテロップが私の脳内に流れる。

ちょっと溜飲《りゅういん》が下がったところで、はたと気付く。

あのネズミ、オッサンBとCじゃないわね。あの2匹なら隅っこで、身を寄せ合って震えてるし。

私が首を傾《かし》げている間にも、謎のネズミはシャルロッテの全身にガブガブ噛み付いている。

「このクソネズミ……っ！　あんたから芋虫にしてあげる！」

シャルロッテがネズミに人差し指を向ける。

だけど、ネズミの方が動きが速かった。シャルロッテが魔法を発動させる間もなく、その指先にガブリといった。

「ヂュウッ！」

「イヤアアアァッ！」

ララの外見をしているので、すこーしだけ心が痛くなってきた。

もう少しこう、なんというか、手心というか。だけど、あのバーサーカーハムちゃんをどうやって止めよう。

「しまっ……魔力のコントロールが……！」

突如シャルロッテの体が赤く光り出し、ララから本来の姿に戻っていった。そうか、自分の見た目も魔法で変えていたんだわ。……それじゃあ、本物のララはいったいどこへ？

「やってくれたわね……アンゼリカもろともぶっ潰してやるわ！」

シャルロッテの華奢《きゃしゃ》な手には、鈍色《にびいろ》の金槌が握り締められた。今度はこっちがバーサーカーになりよった！　ハムちゃんも慌《あわ》ててこちらへ逃げてくる。

急いでハムちゃんを手のひらに乗せ、外へ飛び出そうとする。だけどシャルロッテがぶんぶん金槌を振り回してくるので、それを避けるのがやっとだ。

「そのネズミを寄越しなさい！　ペシャンコにしてやる！」

「動物虐待反対ですわー！」

「私が手に入れるはずだったものを、あんたが全部奪ったのよ！　絶対に許さないわよ……！　あんたは高貴な血を引いていないんだから！　私より劣ってなくちゃいけないのよ‼」

背後を振り向けば、姉が髪を振り乱しながら迫ってくる。よく美人は怒ると怖いと言われているけれど、そういう範疇《はんちゅう》を超えていた。

な、なんとかして脱出しなければ！　必死で頭を回転させながら、ひたすら攻撃を避け続ける。いや無理でしょ、これ。

「だ、誰か助けてぇぇぇっ‼」

そう叫んだと同時に、馬車が大きく揺れた。

◆◇◆◇◆

（アルセーヌ視点）

悪魔の雨が止み、アンゼリカ様が発見した精霊具のおかげで、エクラタン王国にも平穏が戻りつつあります。精霊具に関しては、まだいくつか懸念がありますが、ひとまずは安心してもよいでしょう。

ですが、私には気になることが一つ。

「果たして旦那様は、あのことを奥様にお伝えになったのでしょうか……」

マティス騎士団の件が解決した今、奥様を苛むものは何もありません。そんな状況だからこそ、なんとしてでも面と向かってお話しするべきだと思うのですが、おそらくまだ伝えていないでしょう。ナイトレイ伯爵家に長年仕えている身ですからね、そのくらい手に取るように分かります。

このアルセーヌ、一肌脱ぐ時かもしれんばい。

襟《えり》を正しながら、自らの出番を悟っている時でした。

「おかあさま！　たいへんなの！」

ネージュ様が血相を変え、私へと駆け寄ってきました。奥様とともに、庭園を散策していらしたはずでしたが。それにララもお傍《そば》についていたはずです。

「ネージュ様、奥様がどうなさったのですか？」

「ララがララじゃなかったの！」

「ララ、ではない……？」

「ララじゃないララに、おかあさまつれていかれちゃったの！」

奥様の身に何かが起こったのは確かなようです。

使用人たちと手分けをして庭園を捜索しますが、奥様とララはどこにもおりません。しかも、門番や屋敷の周りを巡回しているはずの兵士たちの姿もない。嫌な予感が脳裏をよぎります。よりによって旦那様が不在の時に、このような事態が起こるとは。

「おや？」

ふと視線を落とすと、何かが私の脚にしがみついています。

尻尾の短いネズミたちです。毛並みが整っていますし、飼育されていたものが集団で脱走したのでしょうか？　何かを必死に訴えかけているようにも見えますが。

「アルセーヌ様、我々はどうすればよろしいでしょうか？」

使用人の一人が不安そうに尋ねてきました。

旦那様がお帰りになるのは４日後。まずはこのことを早急にお知らせしなければ。

「皆さんは、引き続き奥様とララの捜索にあたってください。あなたは、このネズミたちの保護をよろしくお願いします」

近くにいたメイドにネズミを託し、私はネージュ様の目の前に膝をつきました。

「ネージュ様は、私の傍から離れないようになさってください」

「おかあさまは……？」

「ご安心ください。すぐに見付かりますよ」

私は嘘をつきました。奥様は、ララに扮《ふん》した何者かによって誘拐された可能性があります。

「いや……いやぁっ。おかあさまがいないの、いやぁっ！」

ネージュ様は幼いながら聡《さと》い方です。何が起こったのか、感じ取ってしまったのでしょう。目に大粒の涙を溜めながら、首を横に振っておられます。

「ネージュ様、大丈夫です。きっと奥様はご無事ですよ」

「ひっ、ぐす……ほんと？」

「はい。必ずやお救いいたします」

今はそう答えるしかありませんでした。こんな時にララがいてくれたら、と思ってしまいます。彼女ならば、他にもっとお言葉をかけてあげられたでしょう。

私の根拠のない慰めに、ネージュ様の瞳から涙が零《こぼ》れ落ちました。

「たすけて、おにいいさま、おにいさま！」

ネージュ様がそう叫んだ直後、その場に突風が吹き荒れました。

今のはいったい。目を覆っていた腕を下ろし、私は愕然《がくぜん》としました。

「ネージュ様……！」

たった今まで目の前にいたネージュ様が、忽然《こつぜん》と消えてしまわれたのですから。

◆◇◆◇◆

「キャアアァアァッ⁉」

バランスを崩したシャルロッテが、真横にスライドするように転がっていき、隅に積まれていた木箱に頭を強打した。ゴンッてすごい音がしたけど、大丈夫⁉

「ちょっとぉ……運転が荒いわよ！」

大丈夫だった。頭を押さえながら、外にいる御者《ぎょしゃ》に向かって文句を言っている。蝶よ花よと育てられたくせに、意外とタフな姉である。

けれど馬車の揺れは収まるどころか、激しさを増していく。やめろ、私は三半規管が弱くて……おえっぷ。

「チュー！　チュウ、チュチュッ！」

私の肩に移動していたハムちゃんが、甲高く鳴いた。そうだわ、グロッキー状態になっている場合じゃない。今が脱出のチャンスですわよ！

「逃がさないわよ、アンゼリカァ！」

しかしここで、シャルロッテ復活！

「ひぃぃぃっ！　しぶとい上にしつこ……っ」

私の声を遮《さえぎ》るように、バキバキッと板が砕ける音がした。「え？」と視線を落としたと同時に、木が床を突き破って生《は》えてきた。……木？

唖然《あぜん》とする間にも次々と木が生え、シャルロッテの姿が見えなくなっていく。馬車も動きを止めた。

「ちょ……何よこれ!?」

姉の怒号が聞こえてくるけど、無視だ無視。さあ、この隙に逃げねば！

「よいしょ……どっこいしょ……ハムちゃん、しっかり私に掴《つか》まってるのよ」

「チュウ！」

木々の隙間を抜けながら荷台を降りて、周囲を見回してみる。この場所は、以前落ち込んだ私を元気付けようと、ララが連れてきてくれた草原、よね？

辺《あた》り一面、めっちゃ木がいっぱい生えてる。もしかして、これを避けるために、あんなに荒い運転をしていたのかしら。

誰かが助けにきてくれたのかも。そしてその救世主らしき人物が、こちらへゆっくりと歩み寄ってくる。

「……えっ？」

私は瞬きをするのも忘れて、その姿に見入っていた。

風に靡《なび》く艶やかな黒髪。

こちらを鋭く睨みつける琥珀《こはく》色の双眸《そうぼう》。

雪のように白い肌。

私はその人物のことをよく知っている。

「ネージュ……」

マジラブの攻略キャラの一人で、私の可愛い娘、マイ・エンジェル。

だけどそこにいるのは、15歳前後に成長した男装のネージュだった。

ネージュは右手を前に突き出した。その手のひらが緑色に光り、前方に巨大な木のドリルのような物体が現れる。え。あの、ネージュさん。どうして、そんな物騒なものを出したの？

「消えろ」

ネージュの言葉に呼応するように、こちらへ向かってドリルが発射された。

「ギャーッ!!　ちょっと待ってネー……」

「ガハッ」

それは私の頭上を通り過ぎ、金槌を握り締めて背後から私に襲いかかろうとしていたシャルロッテへ直撃した。そしてその勢いのまま、馬車の荷台へと突っ込んでいく。

凄まじい音を立てて荷台が大破し、その残骸が辺りに散らばった。

「お……お姉様？」

姉の名前を呼んでみるが、返事がない。

ハムちゃんに襲われようが、木箱に頭を強打しようが不屈の闘志で立ち上がってきたシャルロッテも、今度こそダメかもしれない。年貢《ねんぐ》の納め時という言葉が、脳裏に浮かんだ。

ネージュ（未来の姿）も私を助けるためとはいえ、やることがダイナミックすぎる。だけど、ゲーム本編のネージュもそんな感じだったっけ。王都の兵士を足止めするために、木々を生やしまくってバリケードを作っていたし。意外と脳筋だった。

「うわぁぁぁんっ！　おかあさまぁーっ！」

この声は！　振り返ると、小さなネージュがこちらへと一生懸命駆け寄ってきていた。

「おか、ぁさまっ、ひっく、おかぁさまぁ……うぇぇぇん……っ！」

「あ、あなた今、大きくなってなかった⁉」

「え？」

ネージュがこてんと首を傾げた。え、だとしたら、さっきのあの子はなんだったの？

混乱していると、ネージュがポロポロと涙を零しながら、私のドレスの裾をぎゅっと握り締めた。

「……心配かけちゃってごめんね。来てくれてありがとう」

「うん……！」

泣き腫《は》らした顔で、コクコクと頷く娘を抱き締める。ああ、この子が無事でよかったわ。

シャルロッテにハサミを突き付けられた時、私はネージュに「屋敷の中に逃げて」と叫んだ。

シャルロッテの仲間が隠れている可能性もあったから、一か八かだったけど。

幸いにもシャルロッテは、逃げ出したネージュには無関心だった。この子を捕まえようとしていたのも、単に人質として利用するためだったのかしら。

ということは、やっぱり狙いは私個人だった……？

「……ん？」

ふと空を仰ぐと、彼方《かなた》から謎の黒い物体が飛んでくるのが見えた。

なんじゃありゃ、と目を凝らす。鳥にしてはやけに丸くて平べったいな……って、うちのフ

ライパンか⁉

「とかげさん？」

ネージュも、きょとんと空を見上げている。

そしてフライパンは私たちの前に舞い降りた……かと思いきや、数メートル先にある木の茂みへ落ちていった。さては着地点を間違えたわね？

そんなおっちょこちょいは木からぴょーんと飛び降りると、今度こそ私たちの目の前に着地した。そして取っ手の部分で弾みながら、私たちの周りをぐるぐると回っている。私の危機を察知して、駆けつけてくれたのね。

「あなたもありがとう。私はもう大丈夫よ」

私が礼を述べると、フライパンが赤く点滅した。

……あ、そうだ。ちょうどいいところに来てくれたわ！

「ねえ、これをどうにかできない？」

私は、荷台に突き刺さったドリルをペチペチと叩いた。一応妹として、シャルロッテの生死は確認しなければならない。

その旨を説明すると、フライパンは合点承知《がってん》の助とばかりに頷き、赤い核を発光させた。直後、紅蓮《ぐれん》の炎がドリルを包み込んだ。

ドリルがみるみるうちに小さくなっていく。そして最後には手のひらサイズにまで縮小し、真っ黒な炭となった。ど、どういう原理？

「まりょくをもやしたのって、とかげさんいってるの」

ネージュがフライパンの言葉を、翻訳してくれた。

魔法で作り出したものには、強い魔力が宿っている。だからその魔力を燃やしてしまえば、物体も消滅させられるってわけね。何気にすごい能力じゃないの？

「あなた……卵焼きが作れるだけじゃなかったのね……」

私の言葉に、フライパンが「あたぼうよ」と言うように、ぴょいんっとジャンプした。そういえば、国王陛下の元相棒だものね。

「これで、中の様子を見ることができるわね……」

シャルロッテが原型を留めていない恐れもあるので、ネージュには少し離れてもらってから、内部を覗き込む。

「お姉様、生きていますかー……？」

やはり返事なし。というより、シャルロッテの姿そのものが見当たらない。

まさか木っ端微塵《こっぱみじん》に？　と一瞬グロい想像をしてしまったものの、モザイクが必要になるようなブツも確認できない。

「あ……っ！」

けれど、誰も乗っていないわけではない。ボロボロの荷台の隅っこで、２匹のハムちゃんを手のひらに乗せ、座り込んでいる人物を発見した。

いつの間にか空気と化していたオッサンAだった。

泣き疲れて寝てしまったネージュを背負い、えっちらおっちらと歩き続ける。休憩を挟みたいけれど、ちんたらしてたら日が暮れちゃうわ。すっかり私に懐いてしまった謎のハムちゃんも、肩の上でチューチューと激励してくれている。

足の感覚がなくなってきた頃、ようやく見慣れた建物が見えてきた。安堵で力が抜けそうになる。いかんいかん。ラストスパートよ、アンゼリカ。

屋敷の前には、使用人たちが集まっていた。

「奥様！　それにネージュ様も……よくぞご無事で」

アルセーヌは私たちを見るなり、へなへなと座り込んでしまった。他の使用人たちも、ほっと安堵の表情を浮かべている。

「皆、心配をかけてしまってごめんなさい。でも……ありがとう」

「いいえ、私たちは何もすることができませんでした。もしや、その精霊具が奥様をお救いになったのですか？　突然窓ガラスを破り、外へ飛んで行った時は何事かと思いましたが」

窓ガラスを破った……だと？

怒られる気配を察知したのか、私の真横でふよふよと浮いていたフライパンが、ネージュの後ろにさっと隠れた。

まあ、私を助けるためだったわけだしね。私はアルセーヌに視線を戻し、質問に答えた。

「それがよく分からないの。誰かが私を助けてくれたみたいなんだけど」

嘘はついていない。あのネージュが何者で、どうして私を助けてくれたのか。何も分からずじまいなのだ。

「そうでございますか……ところで、そちらの方々は？」

アルセーヌが怪訝《けげん》そうに、私の背後へ目を向ける。

心苦しそうな表情で佇《たたず》む中年が2人。胸ポケットにハムちゃんBとCを入れたオッサンAと、馬車を引いていた御者だ。ちなみに馬は、どこかに逃げ去ってしまった。まあナイトレイ伯爵領は自然豊かだから、野生でもなんとか生きていけるでしょ。

「私を誘拐《ゆうかい》した方々よ。放置しておくわけにもいかなかったから、一緒に来てもらったの」

私の言葉に、使用人たちがにわかにざわつく。

「な、なんですと!?　直ちにその者たちを拘束しましょう！」

「待って、アルセーヌ。その必要はないわ！」

「ですが……」

「彼らは、マティス騎士団の生き残りなの」

私は屋敷までの道すがら、彼らから聞いた話を語った。

◆◇◆◇◆

民衆側に寝返ったり、王都に逃げ出したりと、散り散りになってしまったマティス騎士団。

その中でも騎士団としての誇りを最後まで持ち続け、反乱の鎮圧に奮闘していた人たちが、このオッサンズだ。

横領事件に関わっていたレイオンや一部の幹部は解雇され、マティス騎士団はガッタガタの状態だった。そこに追い打ちをかけるように、民衆の反乱が発生した。

本来であれば、陣頭指揮を執るのはマティス伯爵だろう。ところがマティス伯爵は、反乱を抑えるのではなく、自分や家族が領内から脱出することを最優先とした。

至るところで暴動が起き、騎士団の兵舎にも武装した暴徒が迫っていたが、それらをガン無視して自分たちだけトンズラする計画だった。

度重なる愚行に、とうとう兵士たちも愛想を尽かした。

あとはもうやりたい放題。マティス伯爵一家を護衛するはずだった兵士の中には、領民側についた者さえいた。

ハムちゃん2匹を含めたオッサンズたちは、兵舎の防衛を担っていたそうだ。けれど多勢に無勢。波のように押し寄せる民衆たちには構わず、命からがら逃げ出した。

その後も行く当てがなく、ひたすら暴徒たちから逃げ続けていた彼らに目を付けたのがシャルロッテだ。

『あなたたち、私に協力してくださる？　誘拐しなくてはならない人がいますの』

レイオンの婚約者に手を貸す義理はない。当然彼らは断ろうとした。

『すまないが、他を当たって――』

『言っておくけど、あなたたちに選択肢はないわよ？』

妖艶な笑みを浮かべるシャルロッテに、指先を向けられる。直後、彼らは小さな芋虫に姿を変えられてしまった。

シャルロッテは芋虫たちの傍らに木の枝を突き立て、冷ややかな声で言った。

『もう一度聞くわ。私に協力してくださるわよね？』

体を自由に動かせず、口を利くこともできない。その時の恐怖は相当なものだったろう。

こうしてオッサンズは、シャルロッテに服従する道を選んだのだった。

「よもや、マティス領内でそのようなことが……」

アルセーヌは驚きを隠せない様子だった。

「ですが理由はどうあれ、あなた方は奥様の誘拐に加担しました。そのことは理解していますね？」

一転、厳しい表情に切り替わったアルセーヌの問いに、オッサンAと御者は「はい」と素直に頷いた。命からがら逃げ出したのに、シャルロッテに無理矢理従わされて大変だっただろう。仲間もハムちゃんに変えられて……

「ハムちゃんっっ‼」

「奥様、どうなさったのですか？」

「大変よ、アルセーヌ！　このハムちゃ……ネズミたちは人間なの！　うちのバカ姉に姿を変えられちゃったのよ！」

オッサンAの胸ポケットから取り出した2匹のハムちゃんを、アルセーヌに見せる。人間の意識が残っているかは定かではないが、つぶらな瞳で見上げてくるハムちゃんたちに、執事は
「姿を変えられた？」と訝《いぶか》しげに眉を顰《ひそ》めた。信じてもらえてない⁉

「本当よ！　私の目の前でシャルロッテがビッと指差したら、ポンッてネズミになっちゃった

のよ！」

「落ち着いてお聞きください、奥様。実は、屋敷の周囲の警備にあたっていた警備兵や門番の行方が分からなくなっています。そして彼らと入れ替わる形で、謎のネズミたちが現れました。随分と人に慣れている様子でしたが……」

「そ、それってまさか……」

「そのまさか、かもしれません」

私とアルセーヌは、早足に広間へと向かった。

テーブルの上に置かれていたケージの中を覗《のぞ》き込むと、途方に暮れた様子で天井を仰ぐネズミたちの姿があった。めっちゃ哀愁が漂ってる。

「……ジョナサン・コナー」

アルセーヌが行方不明になっている兵士の名前を口にする。

「チュウッ！」

1匹のネズミが右前脚を高らかに上げた。

私とアルセーヌは、互いの顔を見合った。あのバカ姉、兵士たちを片っ端からネズミに変えていったのね。そりゃ庭園にも侵入できるわけだわ！

その後も行方不明になっている兵士の名前を呼ぶ度《たび》に、ネズミは次々と挙手していった。兵士の人数と、ここにいるネズミの数もちょうど一致する。

「しかし……全員保護できたようで安心しました。この姿のままで遠くへ行っていたら、他の動物に襲われていたかもしれません」

「ま、待って、ララは？　ララがいないわよ⁉」

ケージの中をくまなく探してみるが、ハムちゃんズはこれで全員だ。てっきりララも魔法でネズミにされたと思っていたのに。

それとも、あの子だけは違う姿にされていたのかしら。犬？　猫？　虫とかだったら、その辺を飛んでいる野鳥に食べられ……ウワァァーッ‼

「チュウ、チュウ」

その時、耳元で可愛らしい鳴き声がした。私に懐いてずっと肩に乗っていたハムちゃんだ。ララの髪の色と同じ、茶色い毛並みのその子は私と目が合うと、ピシッと右前脚を上げた。

「あなた……ララ？」

「チュウ！」

「よ、よかった〜〜っ‼　ずっと傍にいてくれたのね！」

私は半泣きになりながらララに頬擦りした。シャルロッテのドレスにしがみついて、こっそり荷台に乗り込んでいたのね！

「私を助けてくれてありがとう、ララ」

ララがいなかったら、私は芋虫として新たな人生を迎えるところだった。……だけどまあ、自分の姿に化けているシャルロッテに、相当ブチ切れていたんじゃないかしら。執拗に顔を狙っていたし。ララ（中身：姉）VSハムちゃん（中身：ララ）の激闘をしみじみと思い返す。

ノックもなしに、突然ドアが開かれた。

広間に入ってきたのは、現在王都にいるはずの旦那……と義姉だった。両者とも、今までにないくらい険しい表情をしている。なんだなんだ、戦でも始まるのか⁉

「アルセーヌ。まずはアンゼリカが誘拐された時の状況を聞かせろ。それから使用人たちの安全確保を……」

シラーの言葉を遮り、私は小さく手を上げて言った。

「それは私の口から説明しますわ」

シラーとカトリーヌは「ん？」と、ほぼ同時に私へ目を向けた。流石姉弟、息がピッタリだ。

次に私の手前にいるララに視線を移す。

途端、２人は真顔で後退《あとずさ》りを始めた。動画を逆再生しているかのような動作でドアを閉め、退室してしまった。

「ねえ、アルセーヌ。もしかしてあのお2人って、動物が苦手なんじゃ……」

「いいえ。当主たる者、小動物に臆するようなことは決してございません。ただ近寄られると、なぜか動悸《どうき》が止まらなくなり、勝手に足が後退してしまうだけでございます」

滅茶苦茶怖がってますわね。

2章　小さな王子様

ケージを別室に移してから、アルセーヌはナイトレイ姉弟を広間に連れてきた。

悠然とした足取りで入室する2人だったが、私の前に陣取る小麦色のハムちゃんを見るなり、動きを止める。そして「話が違うぞ」と言いたげな視線をアルセーヌへ向けた。

「話の妨げになるから、彼らは他の部屋に移動させるようにと言ったじゃないか」

ハムちゃんをチラチラ見ながら、シラーが抗議する。

ネズミが数匹いる程度で、何の妨げになるというのか。常時回し車をカラカラ鳴らしているわけじゃあるまいし。

あからさまに警戒している2人に、アルセーヌはコホンと咳《せき》払いをした。

「このネズミは、ララでございます。ケージの中に入るように促しても奥様のお傍を離れようとしないので、本人の好きにさせることにしました」

「ということですわ。常に私の傍にいるようにとララに命じたのは旦那様なのですから、納得していただけますわよね？」

ララの頭を指で優しく撫《な》でながら念押しする。うら若き乙女のララをむさ苦しいハムちゃんズの中に加えることには、私も抵抗があった。

一方、ネズミの正体がうちの侍女と知ったシラーは、「は？」と目を丸くしていた。

「ちょっと待て。それじゃあ、さっきのネズミたちも……」

「うちの屋敷を守っていた兵士ですわ。それと旦那様、お戻りになるのが早過ぎません？」

私が誘拐されたと悟ったアルセーヌは、至急王都にいるシラーへ手紙を送ったそうだ。けれど、どれだけ急いだとしても、届くまでには時間を要する。手紙を受け取ったシラーもすぐに帰ってこられるわけではない。

まるで、こうなることを予見していたかのような迅速《じんそく》さだ。

「実は、王都にマティス騎士団の残党が避難してきたんだ。ルミノ男爵令嬢が君を狙っていると知らせてくれた。仲間たちが彼女に脅されているところを目撃したそうだ」

「その情報が私たちの耳に入ったのは、今まさに会議が始まろうとしていた時だった。弟が慌てて会議室を飛び出していったので、私もそれを追いかけて……モガ」

「そして屋敷へ向かっている最中に、アルセーヌから手紙を託された兵士と運良く合流し、君が誘拐されたと聞かされた」

姉の口を手で塞《ふさ》ぎながら、シラーが淡々とした口調で語る。しかし心なしか苛立っているように聞こえて、私は目を伏せた。

「……お騒がせして申し訳ありませんでした。私のせいでこんな大事になってしまって」

膝の上で両手をぎゅっと握り合わせ、謝罪を述べる。

「君はれっきとした被害者だ。何の非もない」

シラーの言葉に私は首を横に振る。

「たかが私一人を誘拐するために、他の方々まで巻き込むなんて……いくらなんでもやり過ぎですわ」

ネージュもシャルロッテの毒牙《どくが》にかかっていたかもしれないのだ。あれっ、今の私って、とんでもないお荷物女なのでは⁉

ああ、穴があったら入りたい。

「責任は今回の事態を未然に防げなかった私たちにある。お前が頭を下げる必要はない」

「カトリーヌ様……」

「それよりも、誘拐された時の状況を詳しく知りたい。覚えていることを話せ。どんな些細《ささい》なことでもいい」

「りょ、了解ですわ」

脳をフル稼働させ、あの時の出来事を思い返してみる。

ララに化けていたシャルロッテ。ネズミに変えられたオッサンズ。シャルロッテにキレて逆襲したララ。

そして突如現れて、消えてしまった男装姿のネージュ。

「…………」

「どうした。何か気になることでもあるのか」

カトリーヌに声をかけられ、「いえ！」と短く返す。私は一連の出来事を事細かに語った。

シラーは顎《あご》に手を当て、カトリーヌは腕を組み、私の話に耳を傾けていた。

「……つまり、君を救った人物については何も分からないと？」

「ええ。ですがたぶん木魔法の使い手だと思いますわ」

それがネージュということは伏せた。「娘が男装の麗人になって助けてくれました」と言っても、信じてくれないだろうし。

「しかし、自身や他者の姿を自在に変えられる、か。それはおそらく変化魔法だろう」

「へ、変化？」

そんな魔法があるなんて初めて知った。

というより、シャルロッテが魔法を使えることにも驚いた。私の実家は華やかな高位貴族ではなく、貧乏貴族なのだが。

「治癒魔法並みに希少な魔法だからな。君が知らなくても無理はない。……いや、君も関係しているか」

はい？

「君を誘拐したのは、ルミノ男爵令嬢で間違いないんだな？」

「ええ。あれはどー見てもうちの姉ですわ。間違いありません！」

私がきっぱりと断言すると、シラーの口から思いがけない事実が明かされた。

「ルミノ男爵家は、とある伯爵家の血筋を引いている。そしてその家は、代々変化魔法の使い手を輩出《はいしゅつ》していたんだ」

「えっ」

「……自分の家のことだぞ。両親から何も聞かされていないのか？」

呆れ混じりに聞かれたので、私はコクコクと頷いた。なんのことやらさっぱりである。

「今から200年ほど前、その家の令嬢が一人の公爵子息に想いを寄せていたが、彼には婚約者がいたんだ。だが令嬢はどうしても子息を諦《あきら》め切れなかった。そして変化魔法を使うことを決めたんだ」

シラーが淡々とした口調で語る。

「令嬢は公爵子息の婚約者に成りすまし、逢瀬《おうせ》を繰り返していた。しかし結局はバレて逮捕され、裁判が始まる前に自らの命を絶ち、両親である伯爵夫妻もあとを追うように自害した。その後、変化魔法そのものが危険視され、殺害されたり不審死を遂げた者もいる。そしてその数少ない生き残りが」

君の先祖だ、とシラーは締め括った。

お、重い……！　胃もたれを起こしそうな激重ストーリーを突然お出しされて、ちょっと咀《そ》嚼《しゃく》するのに時間がかかっている。不審死ってどう考えても、暗殺されたのでは？

というより、ちょっと待った。

「うちの両親は魔法なんて使えませんわよ？」

「隔世遺伝というものだろう。何かのきっかけで、発現したのかもしれない」

「きっかけ……」

「僕は、君の姉をそそのかした男が関係していると思っている」

そういえばシャルロッテも『隠されていた力を目覚めさせてくれた』って、得意気に話していた。「そうだったわよね？」とララに確認すると、小さな頭が上下に大きく動いた。

「あの……それはつまり、ご夫人も変化魔法を使える可能性があるということですか？」

オッサンAが恐る恐る私に尋ねた。目の前で仲間が小動物に変えられただけでなく、自身も芋虫にされてしまったせいか、怯《おび》えた目をしている。

こりゃ完全にトラウマになってるわね。

「心配しなくても、たぶん私は使えませんわ。だって、お姉様とは血が繋《つな》がっていませんもの」

私はそう言って、お茶請けのクッキーを口に運んだ。

オッサンズが驚いた様子で私を見る。それとは対照的にナイトレイ姉弟とアルセーヌは、訳知り顔だ。

そう、私はルミノ男爵の実子ではない。


貴族にとって、民衆の信頼を得るのは決して楽なことじゃない。内政を少しでもミスれば非難の嵐が吹き荒れる。そもそも平民の間では、貴族＝浪費家という負のイメージが定着しているのだ。

実際には経済状況はカッツカツで、使用人も満足に雇えないような家も少なくないが、そういった内情はあまり知られていない。まあ「我が家は貧乏です」とバカ正直に言うわけにもいかないしね。

そんな貴族たちが、手っ取り早く好感度を上げる方法がある。

親兄弟のいない孤児を、自分たちの子供として迎え入れるというもの。それだけで、領民思いの心優しい領主を簡単に演出できるのだ。

それを目論《もくろ》んだルミノ男爵は、15年ほど前に孤児院で一人の女児を引き取った。名前はアンゼリカ、つまり私だ。

人々はルミノ男爵を称賛した。しかし養子を迎えて好感度アップ作戦など、その場しのぎのパフォーマンスでしかない。時が経つにつれて「で、内政は？　いつになったら、俺らの生活は楽になるの？」という声が上がり始めた。

ところがルミノ男爵は、それで全てが解決すると思い込んでいた。

よって領民たちの声をガン無視した結果、彼らからの信用を失っていった。

今、あの家はどうなっているんだろうか。

「ナイトレイ伯爵夫人が元平民……」

オッサンAが小さな声で呟く。いまいちピンときていない、といった表情だ。

「どうなさいましたか？」

アルセーヌが2人に尋ねた。

「あ、いえ……裏表がなく、物腰柔らかで気品のあるお方とお見受けしていましたから。むしろシャルロッテ様の方が……なぁ？」

オッサンAに話を振られた御者が「ああ」と同調する。

「あの方は外見だけです。レイオン元団長がなぜあなたではなく、シャルロッテ様を選んだのか理解できません」

そんなはっきり言わなくても。

どんどん話が脱線して、シャルロッテの悪口大会に発展しそうだ。カトリーヌが「そんなことより」と強引に話題を切り替えた。

「アンゼリカが狙われたのはなぜだ。何か心当たりはあるか？」

「いえ。理由までは聞き出すことができませんでした」

うっかりシャルロッテを怒らせてしまって、それどころじゃなかったもの。

私の言葉を最後に、広間が静まり返る。目的も分からないのに攫われそうになるって、結構怖いんだが？

「まあいい。まずはこれからの指針を決めよう」

重苦しい空気が立ち込める中、シラーが口火を切った。

「ララたちを元の姿に戻すことですわね！」

「まずは君の身の安全の確保だ。彼女たちのことは二の次に考えろ」

「アッ、ハイ」

だけど皆も早く戻りたいんじゃないかしら。

目線を下に落とすと、私の手のひらでララが仰向けになってスピスピと寝息を立てていた。

順応力たっか。

シラーに視線を戻すと、腕を組んで瞼《まぶた》を閉じていた。そうやって悩んでいる様子もイケメンだわ。

やがて考えが纏《まと》まったのか、シラーは再び瞼を開いた。

「王都に行けば、国立図書館がある」

国内最大の図書館だ。約１９０万の蔵書を有し、その中には希少な書物も含まれているため、入館するには厳しい審査が必要とされている。

「あそこなら、ララたちの魔法を解く手がかりが見付かるかもしれない。ついでに調べてみよう」

「ついで？　他にも何か用事がありますの？」

「エクラタン王城に君の保護を要請する」

はい？

「あそこなら常に厳重な警備が敷かれている。この屋敷よりも安全なはずだ」

「そ、それはそうかもしれませんけど……」

お城の人たちの迷惑になるんじゃないだろうか。

それに言っちゃなんだけど、貴族が狙われるなんてよくある話だ。私の場合、未遂に終わったわけだし、少し大げさなんじゃないかしら。

「お前の身に危険が及んだ時は、直ちに城へ避難させるようにと陛下から仰せつかっている」

私の心を見透《みす》かしたように、カトリーヌが言った。

「お前は新たな精霊具の発見者であり、現在我が国にとって最重要人物とされている。なんとしてでも守らなければならないというのが、陛下のご見解だ」

「はい……」

ぐうの音も出ない。守ってくれるのはありがたいけれど、こんなことに巻き込んでしまって少し気が引ける。けれど身の安全を考えるなら、お世話になった方がいいわよね。これは私だけの問題じゃないもの。

「では後ほど、陛下に書状を送りましょう。ところで、この方々の処遇はどうなさいますか？」

アルセーヌがちらりとオッサンAと御者を見る。

「高位貴族を誘拐したんだ。死罪が妥当なところだろう。……ちなみに、君はどう思う？」

シラーに話を振られ、私は2人へと視線を向けた。

「彼らは、ただお姉様に脅されて従っていただけです。なのに死罪だなんて、そんなの絶対に反対ですわ」

「刑を免れるための作り話の可能性もある」

「たとえそうだとしても、私は私のせいで誰かが死ぬなんて嫌ですわ」

私はシラーを真っ直ぐ見据え、きっぱりと言い切った。

だって「犯人が死んだ！　ざまぁみろ！」とガッツポーズできるような性格じゃありません
し。たぶん暫《しばら》く引きずると思う。

私の言葉にシラーは深く息を吐いた。

「……貴族に対する犯罪行為は、本来なら問答無用であの世行きとなる。だが被害に遭った家
が減刑の嘆願書を提出すれば、話は別だ」

「旦那様、それじゃあ……！」

期待に声を弾ませる私に、シラーは「今回だけだ、今回だけ」と念押しするように言った。

それから黙り込む2人へと視線を移す。

「君たちも次はないと思え。いいな？」

「……はい。寛大な措置、感謝いたします」

彼らはその忠告を噛み締めるように深く頷いた。そして立ち上がり、私の席の前で「ありが
とうございます」と膝をついたのだった。

◆◇◆◇◆

さて、その翌日。

「えっ、みんなで『おしろ』いくの⁉　ネジュもいっしょ⁉」

「お父様、ずっとお城でお仕事頑張っていたでしょう？　だからそのご褒美《ほうび》にって、陛下がご招待してくださったのよ」

「ネジュ、おしろにいくのはじめてなの！　とってもたのしみ！」

犯人の目的がはっきりしない以上、ネージュにも危険が及ぶ恐れがある。そんなわけで、この子も一緒に連れて行くことになったのだ。

「あのね、おかあさま。ララもつれていっていい？」

「もちろんララも一緒よ。皆でお城にお泊まりしましょうね」

「やったー！　よかったね、ララ！」

自分の手のひらにちょこんと収まっているララに向かって、ネージュが笑いかける。するとララも、嬉《うれ》しそうに親指にすりすりと頰擦りをした。

アーッ、可愛い‼　天使とハムちゃんの組み合わせなんて、可愛いに決まってるじゃない！

この世界にスマホがあったら、連写していたのに！

おっと、2人の尊さに現実逃避してる場合じゃない。

私は昨日、カトリーヌと交わした会話を思い返していた。話し合いが終わり、部屋に戻ろう

としたところを義姉に呼び止められたのだ。


「そういえば、陛下からお前に伝言を預かっている」

「伝言？」

「『ワシの息子夫婦に、あの卵料理を作ってくれんかのぅ〜』……とのことだ」

陛下のモノマネ、めっちゃ上手いな。いやいや、そうじゃなくて。

息子夫婦って、王太子夫妻のことよね？　陛下の子供って、確か一人しかいないはずだし。

「陛下から話をお聞きになった王太子殿下が、是非妻と子供にもと仰っているそうだ」

「で、ですけど卵焼きなんて、お城の料理番の方々でも作れると思いますわよ」

陛下の好物とあって、作り方を熟知しているのでは。絶対私より美味《おい》しく作れるはず。

「伝言にはまだ続きがある。『フライパンの精霊具を一目見たいと孫にねだられてのぅ〜』

……とのことだ」

あ、そういうことですか。

だけど陛下には、王命を発令してくださった恩がある。よっしゃ、やってやらぁ！

「分かりましたわ。私にお任せください！」

「助かリーヌ」

こうして私は、ロイヤルファミリーに卵焼きを献上することになったのである。

一抹の不安が胸を掠《かす》めたが、そこはあまり考えないことにした。


「おかあさま、とかげさんもうれしいって！」

ここ最近の落ち込みぶりが嘘のように、フライパンは元気そうに部屋の中を飛び回っていた。

ズッ友の陛下だけじゃなくて、水差し丸とも会えるかもしれないものね。でも、たまに火花が降ってきて熱いから、そろそろ降りてきておくれ。

「チュウチュウ」

後ろ脚で立ち上がったララが、私とネージュに何かを一生懸命訴えかけてくる。

「え、なんて？」

「チュウ！　チュウーッ！」

ごめんなさい、ララ。私、ネズミ語は習得してないから……！

「おかあさま。ララが、おなかすいたって！」

「チュッ！」

ネージュの言葉に合わせて、ララが深く頷いた。心なしか、つぶらな黒い瞳が潤《うる》んでいる。

というか、ちょっと待って。

「……ネージュ、あなたララの言葉が分かるの？」

「うん！　ララはララだもんっ」

理由になっているような、なっていないような。でも可愛いから、まあいいか……。

だけどネズミって、何を食べさせればいいのかしら。小動物のお世話をしたことがないから、ちょっと分からない。

よし、困った時はうちの有能執事を頼りましょう。

「ネズミは雑食ですので、基本的にはなんでも食べます。野菜、肉、昆虫など……」

「昆虫っ⁉　虫食べるの⁉」

「はい。例えば厨房《ちゅうぼう》などによく現れる黒くて逃げ足の速い……」

「イヤーッ！　それ以上言わないで！」

私は叫び声を上げて、アルセーヌの説明を遮った。ララも私の手のひらで、ぶんぶんと首を横に振っている。

「あとは植物の種子でしょうか。特に向日葵《ひまわり》や南瓜《かぼちゃ》などがおすすめでございます」

そういえば、ハムスターは向日葵の種が大好きなんだっけ。それならすぐに用意ができる。

うちの庭園では向日葵も育てていて、その種を食用として収穫しているのよね。ビタミン類やカルシウムなどの栄養価が高いスーパーフードなのだ！

というわけで、早速《さっそく》殻を剥《む》いたものを用意した。アルセーヌ曰く、向日葵の種は高カロリーなので、たくさん与えるのは厳禁。まずは1粒だけ。

「お待たせ。どうぞララ」

「チュウ！」

ララは小さな前脚で種を受け取り、ポリポリと食べ始めた。

あっという間に完食し、おかわりを催促するように私を見上げてくる。相当腹ペコだったようだ。

「ふふっ。よく味わって食べるのよ」

もう1粒あげて、食べる様子をじーっと観察する。黙々と種をかじる姿を見ているうちに、なんだか私も食べたくなってきた。

「美味しそうね……」

「チュッ」

ララがビクッと体を震わせ、種を落とした。

「違う違う。ララのことじゃなくて」

明らかに怯えとる。私は笑いを堪《こら》えながら、誤解を解こうとした。

その時、慌ただしくドアをノックする音が聞こえた。

ろ！


「失礼いたします、奥様」

　何やら硬い表情のアルセーヌが部屋に入ってくる。

「どうしたの、何かあった？」

　真っ先に脳裏をよぎったのはシャルロッテだった。昨日の今日でリベンジに来るの早過ぎだろ！

「ルミノ男爵夫妻がお見えになっております。何かお話は聞いておられますか？」

「うちの両親が？　なんで⁉」

「理由をお伺《うかが》いしたのですが、とにかく『娘に会わせろ』の一点張りでして……」

「嫌な予感しかしない！」

　私がこの家に嫁いで以来、全く音沙汰がなかったのに。まさかお姉様と共謀して、私を攫いに来たとか？

「ダメダメ！　絶対に中に入れちゃダメ！　なんとかして帰ってもらいましょう！」

「承知いたしました。あの様子では無理矢理押し入ってくる可能性もございますので、お部屋に鍵をおかけください」

　あの様子とは？　兵士や使用人に食ってかかる両親を想像して、頭が痛くなってきた。

「アルセーヌ、外に妙な輩《やから》がいるぞ。なんだ、あれは」

シラーが不機嫌そうな表情で、廊下から顔を覗かせた。

「………うちの両親です」

私が目線を泳がせながら答えると、シラーは「なるほど」と頷いた。

「あれがルミノ男爵と、その妻か」

「お2人にはお帰りになってもらいましょう。屋敷の外でお待たせしておりますので……」

「いや、中に通してやれ」

「よ、よろしいのですか？」

アルセーヌが私を見ながら尋ねる。それに対して、シラーは襟を正しながら言った。

「僕があの2人の相手をする。アンゼリカ、君はここで待っているように」

名前で呼ばれることなんて滅多にないので、不覚にもキュンときてしまった。


とはいえ、ほぼ絶縁状態だった両親が今さら何をしにやって来たのか、ものすごく気になる。

「チュウ？」

「しっ。気付かれちゃう。そーっと、そーっと……」

応接室のドアをほんの少しだけ開き、その隙間から中の様子を窺《うかが》う。

うちの旦那と両親が顔を合わせるのは、これが初めてとなる。……のだけれど、シラーの向かい側に座る2人を見て、私はぎょっと目を見開いた。

両親は見るからにやつれていた。平民のような質素な身なりで、出されたお菓子をものすごい勢いで食べている。

そしてその様子を、珍獣を見るような目で眺めるシラー。

私の知っているルミノ男爵夫妻じゃない。シャルロッテといい、いったい何が起こった⁉

「……そろそろ訪問の理由を尋ねてもいいだろうか」

痺れを切らしたシラーが口を開いた。

「し、失礼しました！　ここ数日、水しか口にしていなかったもので……」

父は我に返ったように手を止め、口元に食べかすを付けたまま非礼を詫びた。母もぎこちなく笑顔を取り繕《つくろ》っている。

「単刀直入にお願い申し上げます。どうかルミノ男爵家に戻れるよう、口添えしていただけないでしょうか？」

「言っている意味が分からない。あの家の当主は貴殿だろう」

深々と頭を下げる父に、シラーが怪訝そうに眉を顰める。母はハンカチを握り締めながら叫んだ。

「私たち、弟夫婦に屋敷を追い出されましたの！」

ホンマでっか⁉

2人の話を要約すると、次のようになる。

レイオンの悪行が明らかになってからというもの、シャルロッテも横領に加担していたのではと噂が流れるようになった。姉のヤバさは領民もよく知っていたので、疑うものはいなかった。

それに相まって、より一層高まっていくルミノ男爵家への不満。ついには、大勢の領民が屋敷に押しかけてくる事態に発展したらしい。

私が知らぬ間に、実家がとんでもないことになっていた。

「領民たちを先導していたのは、私の実弟だったのです。そして奴は、爵位を譲渡するように要求してきました。20年ぶりに姿を見せたかと思えば、あの男……っ！」

父が悔しそうに顔を歪《ゆが》める。

先代男爵が逝去《せいきょ》した時、後継者として期待されていたのは叔父の方だった。温厚かつ誠実な人柄で、領民からの評判もよかったのだ。

だが先代の遺言書には、父の名前が書かれていた。父は爵位を継承すると、叔父を問答無用で屋敷から追い出したそうな。

で、その叔父が領民を引き連れて下剋上《げこくじょう》したというわけか。戦国時代じゃん。

「マティス伯爵はどうした？　私の前に、そちらを頼ればいいだろう」

分かっているくせに、シラーは少し意地悪な質問をした。

「あ、あの家とは縁を切りました。私たちがこんな目に遭っているのも、元はと言えば彼らのせいですから」

「そうですわ！　シャルロッテがレイオン子息を選ばなかったら、こんなことにはならなかったのに！」

母のヒステリックな叫びが応接室に響き渡る。この口振りだと、シャルロッテは実家にも戻っていないみたいだ。

「シャルロッテは本当に親不孝者です。アンゼリカとは大違いだ」

うん？

「あの子が横領事件で逮捕された時も、私たちは信じていました。アンゼリカはそんなことをする子じゃないと」

信じていました、か。頭の片隅に追いやっていた苦い記憶が、次々と蘇っていく。

シャルロッテに嫌がらせを受けても、アクセサリーを盗まれても、両親は私の話を全然信じてくれなかった。それどころか、嘘つき呼ばわりされていた。

「チュー……」

ララに頬を優しく撫でられ、はっと我に返る。いかんいかん、危うく心がダークサイドに堕ちるところだったわ。

昔のトラウマを思い出したからか、胃がキリキリと痛み出す。

「！　奥様、大丈夫でございますか？」

偶然通りかかったアルセーヌが、前屈みになって痛みに耐えている私へ駆け寄ってきた。

「お部屋に戻りましょう。お薬をご用意いたします」

「で、でも……」

「ご安心ください。さあ、あとのことは旦那様にお任せしましょう」

アルセーヌに促されて、その場から離れる。応接室のドアの隙間から冷たい空気が漏れ出ていたが、それには気付かない振りをした。

「お願いします、ナイトレイ伯爵。貴殿が我々側についてくだされば、弟も強気に出ることはできないはずです！」

「このままでは、アンゼリカも帰る家を失ってしまいます。妻が実家に帰れないだなんて、みっともない話でしょう？　ですからどうか……へっくしゅんっ！」

男爵夫人は盛大なくしゃみをし、洟《はな》を啜《すす》った。男爵も先ほどから自分の腕を擦っている。シラーは2人を交互に見てから、冷めた紅茶で口内を潤した。

「断る。生憎《あいにく》だが、兄弟喧嘩《げんか》に巻き込まれるつもりはない」

「そのようなことを仰らずに……！」

「第一、今の貴殿に勝ち目などないだろう」

シラーはルミノ男爵を見据え、言葉を続けた。

「貴殿のご令弟は、自分が爵位を継いだ暁には、複数の貴族からの援助を受け、内政の立て直しを図ると領民に約束したのではないか？　彼はルミノ男爵家から追放されたあと、商人となって、小さいながらも商会を設立したそうだな。穀物類を中心に取り扱っており、社交界でも注目を集めている。今後の付き合いを見通して、貴族たちは援助を申し出た……そんなところだろう」

「そ、そうなのです。一人では私に敵わないからと、あの愚弟は貴族や領民を味方につけました。ですがルミノ男爵家の当主は、この私です。父の遺言書でも、私が後継者に指名されていましたし……！」

「それが、本物の遺言書であるという根拠は？」

シラーの問いかけに、男爵夫妻の表情が凍り付く。

「彼はこの20年間、先代が遺《のこ》した遺言書は偽物ではないかと疑っていたが、決定的な確証が得られずにいたそうだ。そこで貴族の紹介で優秀な鑑定士を雇い、筆跡鑑定を行ったらしい。そして貴殿らにその結果報告書を突き付け、爵位の譲渡を要求した。遺言書の偽造は重罪だからな。令弟はそれで手打ちにするつもりだったのだろう」

「な、なぜそのことを……まさか、貴殿が弟に余計な入れ知恵をしたのか⁉」

「私は何もしていない。社交界で流れている噂を耳にしただけだ」

あらぬ疑いをかけられ、シラーは鋭い口調で切り返した。

「さあ、そろそろ帰ってくれ」

「ア、アンゼリカの気持ちはどうなるのです？　私たちが窮地に陥っていると知ったら、きっと心を痛めるはずです」

「どうだか。彼女がこの家に来てから随分経つが、両親の話をしているところなど見たことがない」

「そんなはずはありませんわ！　私たちがあの子を愛しているように、きっとあの子も私たちを愛して……」

「ふざけるなよ」

室温が急速に下がった。ぱき、ぱき、と小気味のよい音を立てながら、家具や床が透明な氷に覆われ始める。

「「ひ……っ！」」

男爵夫妻は恐怖と寒さで全身を震わせていた。２人の口から白い吐息が漏れる。

「私は虫の居所が悪い。早急にお帰り願おうか」

「で、ですが、その前にせめて娘と……」

「都合のいい時だけ娘扱いか？　これ以上、私の妻を侮辱するのはやめろ」

「ナイトレイ伯爵、どうか落ち着いて……」

「今すぐ出ていけ。さもなくば、お前らを氷漬けにして谷底に突き落とすぞ」

その言葉に、男爵夫妻は逃げるようにして屋敷から飛び出していった。

◆◇◆◇◆

あれから、両親がナイトレイ邸に押しかけてくることはなかった。シラーが上手く追い払ってくれたのだと思う。

「はい、みんなおやつですよー」

本日用意したのは、ローストした南瓜の種。それを深皿に入れ、ケージの中に置いた。

すると一斉に集まってくるハムちゃんズ。小皿へまっしぐらと思いきや、並んで私に向かってペコリとお辞儀をした。見た目の可愛さでつい忘れそうになるけれど、中身は立派なオッサンたちなのよね。

「チュー！」

ララは私の肩の上でご飯タイム。

ポリポリという音を聞いているうちに、私も食べたくなってきた。

「それでは1粒失敬しまして……」

サクサクとした触感と、香ばしい風味。美味しい。だけど、ちょっと物足りないわね。

よし、ここはちょいとアレンジしますか。というわけで厨房へGO。

まずは砂糖と水をフライパンでじっくり煮詰める。この時、焦がさないように慎重にね。

煮詰まってカラメル状になったら、そこへ種を投入。手早く絡ませたら、南瓜の種のキャラメリゼの完成。

少し冷ましたものを口に運ぶ。

うん、これよこれ。種の香ばしさとキャラメルの甘さがベストマッチ！

「奥様、我々もいただいてもよろしいでしょうか？」

「もちろん！　はい、どうぞ」

時折、フライパンをちらちらと覗き込んでいた料理人たちにもお裾分け。

「おおっ、これは美味しいですね」

「塩で炒《い》る以外にこのような食べ方があるとは……流石です！」

お、おう。これしきのことで賞賛されるとは、嬉しいやら恥ずかしいやら。

けれど先ほどとは、別の意味で物足りなさを感じる。この気持ちはいったい……。

「チュー」

そ、そうだ！　ララ成分が足りないんだわ!!

いつもなら私が何か作った時、いの一番に試食して「奥様、とっても美味しいです！」と言ってくれるのに！

今のララに、人間の食べ物を与えてはいけない。それは分かってるわよ。分かってるけど。

「私の日常が……私の楽しみが……っ！」

「お、奥様……」

がっくりと項垂《うなだ》れる私を、料理人たちが心配そうに見守っている。

おのれ、シャルロッテめ！　今度会ったら覚えてなさいよ！

◆◇◆◇◆

そして、とうとう迎えた王都への出発日。

「おーと、おーとっ！」

「ネージュ様、屋敷の中ではあまり走り回らないように……」

「おーとっ！」

「はは、そうでございますね……」

朝からネージュは大はしゃぎだ。屋敷の中を駆け回って、アルセーヌにたしなめられても効果なし。

「ネージュ、いい加減にしなさい」

見兼ねたシラーに捕獲され、抱き上げられてもキャッキャと笑ってる。

わ、私が抱っこしようと思っていたのに！

敗北感を感じている私を慰めるように、肩の上に乗っているララが「チュウ」と鳴いた。その頭には、小さなホワイトブリムがちょこんと乗っている。アルセーヌが夜なべをして作ってくれたのだ。

「そういえば、ネージュは今回が初めての登城ですのね」

「ああ、そうだ。それどころか王都に出向いたのは……授名《じゅめい》の儀式の時だけかな」

シラーが思い返すような口調で答える。

授名の儀。

この国の王家と高位貴族にのみ執り行われている儀式のことだ。

王家や高位貴族に産まれた子供は、王都の神殿に連れて行かれ、そこで命名される。

精霊の加護を宿した名前を授かることで、大病や事故に見舞われず長生きできるそうな。

一種の願掛けみたいなものなのかもしれない。

「それでは、お気を付けて行ってらっしゃいませ」

屋敷の外まで見送りにきたアルセーヌは、深々とお辞儀をした。

「アルセーヌ、あとのことは頼んだぞ」

「はい。旦那様たちが不在の間、この屋敷は『我々』がお守りいたします」

「チューッ」

アルセーヌの足元に整列したハムちゃんたちが、ビシッと敬礼する。い、勇ましい。

「チュウ」

私の肩に乗っていたララが彼らの元へ降り立ち、チューチューとネズミトークを始める。おそらく「ララ様、奥様を頼みましたよ」「はい！　任せてください！」といった会話を交わしているのだろう。時折、私をチラチラと見上げてくる。

「いってきまーすっ！」

ネージュは馬車の窓から身を乗り出し、アルセーヌたちに向かって大きく手を振った。その横で、私も控えめに手を振る。

さあ、いざ行かんエクラタン王城！

久しぶりに訪れた王都は、相変わらずの賑わいを見せていた。

けれど、気になることが一つ。私の知るお店がいくつも潰れていたり、別の店に変わっていた。

「まさか王都にも、不景気の波が……っ」

「いや、そういうわけじゃない」

ゴクリと息を呑む私に、シラーは窓の外に視線を向けながら言った。

「閉店したのは、いずれも例の横領事件に加担していたところだ」

「そうでしたの!?」

「本人たちはレイオン団長や警察に脅されていたと主張したが、協力した見返りとして多額の報酬を受け取っている以上、そんな言い訳は通用しない。二度と同様の事件が起こらないよう、見せしめの意味も込めて、厳しく罰せられたそうだ」

はしゃぎ疲れて眠っているネージュの頭を撫でながら、シラーは淡々と語った。

あんな奴らに関わったがために、人生を棒に振っちゃったのか。まあ自業自得だけど。

市街地を抜け、木造の掛け橋を渡ると、前方に王城が見えてきた。

鉛筆のようにとんがった青い屋根と、雪のように白い外壁が特徴の綺麗なお城だ。

「ネージュ、城に着いたぞ」

「むにゅ……？　あっ、おしろさん！」

ネージュが目を輝かせながら、窓に張り付いている。

一方私は、先ほどから手首の内側を親指でぐりぐりと押していた。確かここには、リラックス効果のある神門というツボがあるのだ。

アンゼリカ18歳。生まれて初めての登城で、ガッチガチに緊張しております。

正門を抜けると、神経質そうな顔立ちのおじいさんが私たちの到着を待っていた。馬車から降りる際、シラーが「あちらの方は宰相閣下だ」と私に教えてくれた。

あの方が宰相なんだ。……で、宰相とはいったい？　よく耳にはするが、何をする人なのかはよく分からない。

「さいしょー？」

聞き慣れない名前に、ネージュが目をぱちくりさせる。

「国の政治を纏めたり、陛下の補佐をなさっている方のことだ」

要するに総理大臣みたいなものかしら。

「ようこそ。皆様方の到着をお待ちしておりました」

宰相は右手を体に添え、恭《うやうや》しくお辞儀をした。

お城の侍女たちに荷物を預け、早速玉座の間へ向かう。

「おお。ナイトレイ伯爵夫人、久方ぶりじゃのぅ」

国王陛下は以前と変わらない穏やかな笑顔で、私たちを歓迎してくれた。

「お目にかかれて光栄ですわ、陛下。ご壮健で何よりでございます」

ネージュも私の真似をして、ドレスの裾を摘まんでぺこりとお辞儀をする。

「ナイトレイはくしゃくけのちゃくし、ネジュ……ネージュともーします！」

「そなたがネージュか。可愛らしい子じゃなぁ」

そうなんですよ陛下。うちの子はとっても可愛いんです。

ところで、先ほどから妙な気配を感じる。何かこう、誰かに見られているような。

ふと背後を振り返ると、宝石を鏤めた両開きの扉が僅《わず》かに開かれていた。

そしてその隙間から、何者かが室内の様子を窺っている。

「ギャッ」『ギャッ』

私の悲鳴に驚いたのか、扉の向こうでも悲鳴が上がる。陛下が小さくため息をついた。

「大人しく部屋で待つように言っておいたんじゃがのぅ。あやつも中へ通して構わんか？」

「私は構いません」

私より先に気配に気付いていたのか、シラーは背後を振り返ることなく答えた。

「……ということじゃ。そのようなところでコソコソしとらんで、とっとと入って来んか」

陛下がそう促すと、扉がゆっくりと開かれた。

「し、失礼いたします」

やや上擦っている幼い声。陛下に頭を下げたのは、10歳前後の少年だった。青みがかった黒髪と、ラベンダー色の大きな瞳。そして高貴な身分を思わせる豪奢《ごうしゃ》な身なり。

この寒色系のカラーリング、ものすごく見覚えがあるぞ？

私の視線に気付いた少年が、とことこと私の目の前までやって来た。

「私は王太子レグリスの嫡子、ラヴォントだ。先ほどの非礼を詫びよう。驚かせてすまなかった」

やっぱり『マジラブ』の攻略キャラの一人、ラヴォント王子だわ！

ゲーム本編では、冷静沈着かつ寡黙でクールな王子様。今のメテオールをそのまま大人にしたような性格で、主人公に対しても、なかなか本心を打ち明けてくれないお方だった。

「お初にお目にかかります。私はナイトレイ伯爵夫人のアンゼリカと申します」

「ネージュともーします！」

私とネージュも2人仲良くご挨拶《あいさつ》。するとラヴォントは、驚いたように目を見開いた。

「そうか……そなたがあのアンゼリカか」

「私のことをご存じなのですか？」

「もちろんだ。なんと……ナイトレイ伯爵夫人とはそなたのことだったのか。うむ、素晴らしい女性を見付けたな、シラー殿！」

親戚のオッサンのような台詞《せりふ》を吐きながら、シラーの太ももをバシバシ叩いている。

というかちょっと待って。どうしてラヴォントが、私のことを知ってるの？

「……殿下。失礼ですが、ただいま陛下と大事なお話をしている最中ですので、ご退出願えますか？」

シラーは平静を装おうとしているものの、目元がうっすらと赤らんでいた。王子を中に入れていいか聞かれて、「構いません」って答えてませんでしたっけ？

「うむ。用件が済んだらすぐに退室する。アンゼリカ夫人よ、例のブツは持ってきてくれたか？」

私は、いつから王子様と闇取引をしていたのだろうか。

「もしかして……精霊具のことでございますか？」

「うむ！　祖父の盟友を宿したフライパン、是非とも拝見したい！」

キラキラとした眼差しが眩《まぶ》しい。

「フライパンは今どこにあるのだ？」

「えーと……客室に置いてきてしまいました」

今頃はトランクの中で、グースカ眠っているんじゃないかしら。金庫に入れられた時はパニックを起こしていたのに、随分と神経が図太くなったと思う。

「むう、そうか……」

「殿下、精霊具でしたらあとでお見せしますので」

「分かった分かった。貴殿は何をそんなに焦っているのだ？」

ラヴォントは怪訝そうに首を傾げた。うちの旦那が申し訳ありません。

「それに、そろそろ本日の授業が始まるのでな。1分でも遅刻すると宿題を倍に増やされてしまうので、早く戻らねばならん」

流石、王子様。スパルタ教育を受けているのね。

「では失礼し……あ、ちょっと待った！　アンゼリカ夫人、そなたに一つ頼みがあるのだが」

「はい、なんでございますか？」

シラーの聞かなくていいオーラを無視し、ラヴォントの傍にしゃがみ込む。小さな王子様は「かたじけない」と前置きしてから私の耳元へ顔を寄せ、

「…………はい？」

その内容に、私は目を瞬かせながら聞き返した。え、頼みって……それ？

「ダメだろうか？」

「滅相もありませんわ！　少し驚いただけで……」

「それでは引き受けてくれるのだな」

「えっと、それは……」

「恩に着るぞ、アンゼリカ夫人！　流石はシラー殿の選んだ女性だ！」

ラヴォントの中で勝手に話が進んじゃってるのだが!?

「これ、ラヴォント。ナイトレイ伯爵夫人に何をさせるつもりじゃ」

見兼ねた陛下が口を挟む。

「そ、それはお祖父様にも秘密でございます。では、よろしく頼んだぞ！」

私の手をぎゅっと握り締め、ラヴォントは慌ただしく退出していった。

あの真面目だけど、ちょっと騒がしい王子様が10年後、ラベンダーの花がよく似合うクールなイケメンに大変身するのか。……ネージュといい、メテオールといい、ビフォーアフターぶ

りが激しいな。

「すまぬな。孫の言ったことは忘れてくれて構わんからのぅ」

「い、いえ、そんな……」

あ、フライパンで思い出した。そういえば王太子一家のために、卵焼きを作らなくちゃいけないんだったわ。

フライパンのモチベも完全に復活したことだし、材料さえあれば、文字通りいつでもどこでも調理できる。

「ところで、ナイトレイ伯爵夫人。プレアディス公爵から伝言を聞いているとは思うが……」

「はい」

「やっぱりあの話はなしじゃ。聞かなかったことにしてくれんか」

私、結構やる気満々だったのですが？

だけど突然の献上イベント中止に、心当たりがないわけではない。この話を引き受けた時から、ちょっとした懸念があった。

「息子も孫も、そなたの料理を楽しみにしていたんじゃがな」

陛下がネージュに視線を向ける。子供には聞かせられない話なのだろう。私はネージュの両耳を手で塞いだ。

「おかあさま?」

琥珀色の瞳が不思議そうに見上げてくる。少しだけ我慢していてね。

陛下はコホンと咳払いをし、簡潔に理由を述べた。

「実はリラが食べるのを嫌がってのぅ」

やっぱりあの人ですか。悪い予感が当たってしまった。

リラ王妃。

ゲーム本編でもラヴォントルートに登場していたお方だ。

今はまだ王太子妃かな。ぶっちゃけ、マジラブで一番苦手なキャラクターでもある。

「そなたが手料理で息子と孫の気を引こうとしていると憤慨しているのじゃ」

「お言葉ですが陛下。私の妻はそのようなことをする人間ではありません」

不快感を隠そうともせず、シラーが反論する。

「もちろんそれは、ワシも分かっておる。しかしリラは、いささか思い込みの激しい娘でのぅ……」

陛下は気まずそうに、自分の頬をポリポリと掻いた。

この頃から既にご健在であったか。リラ王太子妃の異常なまでの嫉妬深さ。

マジラブでは各ルートごとにライバルや悪役が登場し、主人公の恋路を邪魔してくる。

例えばメテオールのルートであれば、彼の婚約者を自称する令嬢が現れ、リリアナを一方的に敵視してくる。まあ最終的には和解して、親友のポジションに就《つ》くんだけどね。

で、その中でも最も怖いのが、リラ王太子妃だ。

夫である王太子レグリスと息子のラヴォントを偏愛する最恐の悪女。息子の初恋の相手であり、婚約者の少女を殺した張本人でもある。

さらには、ラヴォントと想いが通じ合ったリリアナの命をも狙い始める。

そっか。そんなおっかない人にロックオンされちゃいましたか。

◆◇◆◇◆

「いいか。くれぐれも王太子一家には関わらないようにするんだ」

シラーは私とネージュの客室を訪れ、真剣な表情でそう諭してきた。ちなみにネージュは、天蓋付きのベッドですやすやとお昼寝をしている。

うん、それが一番なのは分かってる。距離を置いていれば、そのうちリラの怒りも鎮《しず》まるかもしれないし。

「ですけど、先ほどラヴォント殿下にお願いされてしまいまして……」

「何を？」

「サインですわ。それも２００枚」

私は人差し指と中指を立てて答えた。シラーの眉間に皺《しわ》が寄った。

「サイン？　どうして君にそんなものを」

「旦那様、何かご存じありませんか？」

「僕は何も知らない」

ほんとかしら。この人、肝心なことを隠すところがあるから、いまいち信用できない。

「あ、でも」

「なんだい？」

「もしかして旦那様、殿下に私のことをお話ししていました？」

あの口振りだと、以前から私のことを知っていたみたいだった。そうなるとおそらく情報源は一つしかない。

「世間話のついでに、君の名前を出したことはある。それだけだよ」

素っ気なく切り返されてしまうと、こちらもこれ以上は追及できない。のらりくらりとはぐらかされてしまうのが目に見えている。

まあいいか。殿下のあの様子だと、私のことを悪く言っているわけではなさそうだし。

「サインの件も僕から断っておく。君の姉のこともあるのに、余計な面倒ごとを増やしてたまるか」

「はっ、そうでしたわ！」

前門のシャルロッテ、後門のリラ。やだ、私ったら結構ピンチ……!?

「あのな、君はもう少し危機感を持った方がいい」

「そ、そうですわよね。これ以上皆様に迷惑はかけられませんし！」

私が力強く頷くと、シラーからはなぜか深いため息が返ってきた。

「だから、どうして君はいつも他人のことばかり……」

「だ、旦那様？」

「この分からず屋め」

シラーは拗《す》ねたように顔を背けながら言った。どうして私は、少女漫画のヒロインみたいな台詞を言われたんだ……？

「ナイトレイ伯爵、こちらにいらっしゃいますか？」

ドアを数回ノックする音が聞こえた。この声は宰相かしら。シラーがドアを開けた。

「何かご用でしょうか」

「マティス伯爵領の件で、少しご相談したいことがございまして……」

宰相の表情は険しい。何かあったのかしら。

「分かりました。すぐに向かいます」

シラーは頷くと、早足で私のところに戻ってきた。

「城内だからと言って、油断しないように」

「分かっていますわ」

「もし誰かに襲われたら、精霊具の力を使うんだ。手加減はしないように」

「いや、手加減しないと相手死にますわよ⁉」

「正当防衛を主張すればいい。それと……」

「私のことなら大丈夫ですから、ほら！」

このままでは埒《らち》が明かないので、シラーをぐいぐいと部屋から押し出す。ぱたん、とドアを閉めたところで、ネージュの傍にいたララが駆け寄ってきた。手のひらに乗せながら、「どうしたの？」と声をかける。

「チュー……チュウチュウ」

ララはやれやれと言いたげに、首を左右に振った。あれ？　私もしかして呆れられてる……？

ふと窓の外に視線を向けると、空は燃えるようなオレンジ色に染まっていた。

「うわぁ……っ！」

エクラタン王城の麓《ふもと》には、夕焼けに染まった王都の街並みが広がっていた。そして遠い彼方に聳《そび》えているのは、霊峰エスキスだろう。

様々な神獣が棲まう聖地として、エクラタン国民から敬われている山だ。たとえ王家の人間であっても、普段山中に立ち入ることは厳しく禁じられているそうな。

「ん？」

街の中央に建てられた巨大な時計塔。その鉛筆のように尖った屋根の上に、誰かが立っていた。

裾の長い黒いドレスが風にはためいている。あれはおそらく女性だろうか。こちらに背を向け、霊峰を望んでいるように見える。

あの後ろ姿、どこかで見たことがあるような。あ、思い出した。好きが高じて買ったマジラブの設定資料集に、似たような構図の立ち絵があった気がする。

「……リラ王太子妃、よね？」

そう呟いた瞬間、女性が勢いよくこちらを振り向いた。

「ぎょわっ！」

反射的に窓辺から飛び退《の》く。急に大きく動いたせいで、肩の上にいたララがぽてっと床に落ちてしまった。

「ご、ごめん、ララ」

すぐにララを拾い上げ、恐る恐る窓辺に戻る。勇気を出して時計塔へと目を向けてみるが、そこには誰もいなかった。

まあ、あんなところに人が立っているわけないか。

3章　闇の精霊具

「むむ……」

王城にやって来てから、はや1週間。私は人知れず苦難を強いられていた。

ラヴォント殿下に頼まれたサイン。それを延々と書き続けていた。

シラーには関わるなと言われているものの、ラヴォントの頭の中では、私が引き受けたことになっている。やらないわけにはいかないでしょ。

しかし私には、クールでスタイリッシュなサインを書く技術などないので、文字の横にハムちゃんのイラストを描いて誤魔化《ごまか》すことにした。

「ネージュ、ララ！　どうかしら？　あ、ちなみにこのネズミさんはララよ。上手に描けてるでしょ？」

「チュ……？」

ララはサインをじっと凝視してから、心なしか訝しげに自分を指差した。

「ララ、すっごくつよそうなの……！」

私としては可愛く描いたつもりなんですが⁉

「つ、強そうって、どの辺りが？」

「えっとね、おめめがギュッてしてるとこ！」

ネージュはそう説明しながら、自分の目尻を吊り上げた。

指摘されてから改めて見ると、確かに凶悪な目付きをしている。向日葵の種じゃなくて、人間の血肉を好みそうだ。

「チュ！　チュウチュウ！」

ララが必死に鳴いてる。これはネージュに聞かなくても、なんと言っているのか分かる。

「ご、ごめん。ちゃんと描き直すから！」

「おかあさま、がんばって！」

こうして試行錯誤を重ね、私はなんとか２００枚のサインを完成させた。四六時中羽根ペンを握り続けていたので、軽い腱鞘炎《けんしょうえん》になってしまったけど、その分得られた達成感もひとしおだ。

さて、どうやってラヴォントに渡そう？

直接渡しに行って、リラと鉢合わせという事態はなんとしてでも避けたい。

困った時のアルセーヌ……はいないので、ここは最高権力者に協力を仰ごうと思う。

「サインじゃと？　ラヴォントめ、そなたにそのようなことを頼んでおったのか」

国王陛下はトレードマークの顎髭を撫でながら、ため息をついた。

「どうか殿下をお叱りにならないでください。私も楽しく書かせていただきましたから」

「そなたにはいつも世話をかけるのぅ」

「い、いいえ、とんでもありません。それでリラ殿下に気付かれないように、サインをお渡ししたいのですが……」

「ふむ。ではワシからのプレゼントという体で渡すとしよう。リラもワシには強く出れんからの。中身について詮索することはあるまい」

「感謝いたします、陛下」

「フォッフォッフォッ、礼には及ばんよ」

相変わらず寛大なお方だ。

「ところで話は変わるんじゃが、国立図書館の蔵書リストを調べた結果、変化魔法について纏めた魔導書が保管されていることが分かったぞ」

「本当ですの⁉」

「うむ。しかし一つ問題があってのぅ。現在館内の司書総出で捜索させておるが、まだまだ時間がかかりそうじゃ」

うん？　その蔵書リストを確認すれば、どこにその魔導書が保管されているのか分かるんじゃないの？

私の疑問を見透かしたように、陛下は言葉を続けた。

「国立図書館は、建物自体が精霊具なんじゃよ」

「せ、精霊具……!?」

今明かされる驚愕《きょうがく》の事実。

「それ故に、深夜になると本が館内を自由に飛び回ったり、朝司書が出勤してくると本棚の位置が変わっていたりと、様々な現象が起こるのじゃ」

それは所謂《いわゆる》ポルターガイストというやつでは？

「そして本人がその場にいて、読みたい本があればすぐに見付かるのに、それ以外の者だと1冊の本を探すのも一苦労なんじゃ。そなたかナイトレイ伯爵が出向けば、すぐに発見できるとは思うんじゃが……」

陛下はそこで言葉を切り、小さく唸《うな》った。図書館そのものが精霊具なら、入館審査が異常に厳しいのも合点がいく。悪用する人間がいるかもしれないものね。

そしてその審査が通るには、最短で1年ほどかかるのだとか。

「そなたたちの事情も汲《く》んでやりたいが、これればかりは融通を利かせることができぬのだ」

「いいえ、お気遣いありがとうございます」

私の肩の上で、ララもペコリとお辞儀をする。

仮に爆速で入館許可を得られたとしても、いつまたシャルロッテに狙われるか分からないし、なるべく城内からは出ない方がいいと思う。

「それとナイトレイ伯爵を度々駆り出させてすまぬな。ネージュが寂しがっているのではないか？」

うちの旦那様は、本日も文官たちの会議に出席している。

「旦那様が屋敷を空けるのは、よくあることですから。たまに顔を合わせた時に、目いっぱい甘えていますわ」

それに、初めてのお城生活を満喫しているようで、あまり寂しさを感じていないっぽい。

むしろシラーの方が、寂しさポイントを積み重ねてる気がする。なぜか私にもすごく話しかけてくる。

「しかし、随分と可愛いネズミじゃな。……少しだけ触ってみてもいいかのぅ？」

動物が好きなのだろう。陛下がじーっとララを見つめる。

私はララを手のひらに乗せ、玉座へと歩み寄った。

「……ララ？」

緊張からか、小さな体がぷるぷると震えている。だ、大丈夫かしら……。

「小さいのぅ。昔飼っていたネズミを思い出すわぃ」

「チュ……チュウッ！」

ガブッ!! 頭を撫でられた瞬間、ララがテンパり過ぎて陛下の指を噛んでしまった。

「「陛下ぁぁぁっ!!」」

全然大丈夫じゃなかった！ 私と近衛兵たちの絶叫が、玉座の間に響き渡る。

「フォッフォッフォッ。元気じゃのぅ」

陛下は反射的に噛んでしまい呆然としているララを撫でながら、ニコニコと笑っていた。指から血が出てるから、はよ止血してください!!

◆◇◆◇◆

サインを書いた色紙を世話係の侍女に預けたところで、私は客室のベッドにダイブした。一仕事を終えて、どっと疲れが出ちゃった。

「おかあさま、おつかれさまなの。いいこ、いいこ、いいこ」

ネージュが労《いたわ》るように頭を撫でてくれる。その感触に身を委《ゆだ》ねているうちに、なんだか眠くなってきた。

「ふぁぁ……」

睡魔に抗《あらが》えず、瞼を閉じる。

そして気が付くと、私はガラスでできた螺旋《らせん》階段を上っていた。手摺《てす》りも踏み板も透明で、うっかりしたら踏み外してしまいそうなのに、すいすいと上り続ける。

天井からはキラキラと金色に輝く星飾りが吊されており、手を伸ばしてみるとほんのりと温かい。けれど触れることはできず、指をすり抜けてしまった。

ようやく階段を上り切ると、小さな書庫のような場所に辿《たど》り着く。

ガラスで作られた本棚には、色とりどりの本がずらりと並んでいる。どれも分厚くて、背表紙には何も書かれていない。

もっと近くで見ようと、本棚へ歩み寄ってみる。

「あれ？　君、どうしてここにいるの……？」

突然後ろから声をかけられた。振り返ると、白髪のおじいさんが杖をついて立っていた。長い白髪を後ろで束ね、真っ白な口髭を蓄え、ポケットがいっぱい付いたベストを着ている。休日の公園でカップの日本酒を飲んでそうな格好だな。

「ああ、そうか。君の夢が僕の書庫に接続されちゃったんだ」

「夢……？」

そう言われても、どうにも実感が湧かない。なんだか頭がボーッとして、上手く思考が纏まらないのよね。

「君の場合、肉体はともかく、中身は時空伯爵がこちらへ運んできた外界産だからね。こういうこともあるか」

その言い回しに、私は違和感を覚える。

「……あなたは、私がこの世界の人間ではないと知ってるの？」

「うん。時空伯爵が『適合者の魂をようやく見付けた』と連絡をくれたからね。君の以前の肉体が死を迎えたことで、こちらの世界に連れてくることができた」

「ま、待って。それじゃあ、私がアンゼリカに生まれ変わったのは……その時空伯爵のおかげってこと？」

私は目を大きく見開きながら詰め寄った。それに対して、おじいさんは落ち着いた様子でコクンと頷く。

「時空魔法を使える者は、もうあの人くらいしか残っていないからね。使えるタイミングや回数は、限られているけど」

「だけど……どうしてそんなことを？」

私は一度目の人生で、ろくでもない最期を迎えた。そして二度目の人生では、紆余曲折がありながらも、幸せな生活を送っている。たくさんの優しい人たちにも出会えた。可愛い娘もできた。

だけど、ふと疑問に思う時がある。

私の魂はなぜ、ゲームの世界に流れ着いたのだろう？　そこに明確な理由があるのなら知りたい。ううん、知らなければいけない。

「申し訳ないけど、それは言えない。基本的に僕たちは、人間の世界には深く干渉してはいけない掟《おきて》があるんだ」

「……ちなみに破ったら、どうなりますの？」

「爆発して死ぬ」

もう何も聞かないでおきましょうか。

「さあ、そろそろ閉館の時間だよ。君も娘さんのところへお帰り」

部屋の中央に螺旋階段が現れた。今度は下り階段だ。延々と下へと続いている。

「あ。そういえば君たち、魔導書を探しているんだっけ？」

階段を下りようとすると、おじいさんに呼び止められた。

「え、ええ。実は使用人たちが変化魔法でネズミの姿に変えられてしまったの。だけどなかなか見付からないみたいで……」

「君が図書館に行けば、すぐに見付かるのに」

「入館許可をもらわないと、中に入れないの」

するとおじいさんは、少し間を置いてから、あるものを私へ差し出した。

「だったら、これを使えばいいよ」

「使えばいいって……」

どこからどう見ても、ただの紙切れなんですが？

「近道も用意しておいてあげる。あとで本棚の横を調べてみなさい」

「いやだから、この紙切れでどうしろと――」

「それじゃあ、消灯」

その言葉に反応して星飾りの光が消え、周囲を暗闇が包み込んだ。

早く下りなくちゃ。何かに突き動かされるようにして、私は階段を下り始めた。真っ暗で何も見えないのに、しっかりとした足取りで一段一段踏み締める。

階段は終わりがなく、どこまでも続いていく。そして次第に意識が薄れていき――

そこで私は目を覚ました。随分と寝てしまっていたみたい。時計に目を向けると、２時間以上経っていた。

「ふぁ……おかあさま、おはようなの」

私の傍で一緒に眠っていたネージュが、目を擦りながらむくりと起き上がった。寝癖で跳ねてしまった髪を、ララがささっと整えている。ネズミの姿になっても、自分の仕事をきっちりとこなす。侍女の鑑だわ……。

「あれ？　それなぁに？」

ネージュに言われて、右手に何かを握り締めていることに気付いた。

手のひらサイズの銀色の板だ。表面には虹色の光沢があり、おじいさんの横顔が描かれている。この人、さっきの夢に出てきたワンカップおじいさんだわ。

確か、近道を用意しておくと言っていたような。私はベッドから立ち上がり、本棚へと駆け寄った。その周辺を注意深く観察していると、壁に小さな切れ込みを見付けた。

……もしかして。

銀色の板を挿入し、切れ込みに沿ってスライドさせると、カチャッと鍵が開いたような音がした。目の前の壁が煙のようにスゥゥ……と消え、下へと続く階段が現れる。

「おかあさま、すごい！　まほうつかったの⁉」

「チューーッ！」

使ってない使ってない‼

だけどこの階段、どこに続いているんだろう。階段をじっと見下ろしてから、私はネージュに声をかけた。

「すぐに戻ってくるから、ちょっと待っててね。ララ、ネージュのことをお願い」

「うん！」「チュッ」

護身用のフライパンを握り締め、いざ潜入。階段の幅は人一人が通れるほどの狭さで、天井には等間隔でランタンが吊るされていた。途中でうっかり踏み外してしまわないように、おっかなびっくり下りていく。

階段を下りた先には、巨大な地下通路が広がっていた。どこからか吹いてきた冷たい風が、私の頬をそろりと撫でた。

そろそろ引き返そうかしら。これ以上先に進んで迷子になったら大変だし。

「なぬっ⁉」

踵《きびす》を返そうとすると、いつの間にか階段へ続く道が壁で塞がれている。こ、このままじゃ帰れない！

「ネ、ネージュ！　ララーっ！」

パニックになりながら叫ぶ。すると、なぜか背後から「はいっ！」と返事が聞こえた。

「ネージュ⁉　それにララも……どうしてここにいるの⁉」

「チュ、チュウウ……」

ネージュの手のひらの上で、ララが申し訳なさそうに俯く。

「えっとね、あのね。へんなおじちゃまがおいで、おいでって」

「おじちゃま？」

夢に出てきたおじいさんがふっと脳裏に浮かんだ。

「ごめんなさいなの……」

「う、ううん。ネージュは何も悪くないわ」

言いつけを破ってしまい、しょんぼりと落ち込む娘の頭を撫でる。深く考えずに、ここまで下りてきた私が迂闊《うかつ》だった。早いところ、脱出する方法を考えないと。

そのためにも、やっぱり先に進むしかなさそうだ。

「チュ？」

ララが耳をぴくっと動かし、キョロキョロと周囲を見回す。暗闇の向こう側から、重い足音が聞こえてくるのだ。それも、一人や二人ではない。

「見付けたぞ、侵入者だっ！」

長い槍を携えた兵士たちが、こちらに向かって駆けてくる。えっ、侵入者って私たち⁉

状況を飲み込めないいまま、あっという間に兵士たちに取り囲まれてしまう。

「女と子供だと……？　貴様ら、どうやって忍び込んだ」

「お、お待ちください！　私たちは怪しい者ではありませんわ！　客室の隠し階段を見付けて下りてみたら、ここに辿り着いただけで……！」

「隠し階段？　もう少しまともな嘘をつけ。そんなもの、この通路に存在するはずがない」

「本当ですわ！　その階段が消えてしまって、帰れなくなっていましたの！」

槍の切っ先を突き付けられ、両手を上げながら身の潔白を訴える。しかし兵士たちは態度を軟化させるどころか、より一層表情を険しくさせた。

「まあいい、詳しい話はあとで聞かせてもらおう。おい、この者たちを連れて行け！」

正直に話したのに！　私たちを捕えようと、兵士たちが近付いてくる。

その時、右手に持っていたフライパンが突如燃え上がった。そして私が止める間もなく、彼らに向かって火球を撃ち込んでいく。

「うわぁぁぁっ！」

「この女、魔法の使い手か!?」

待って、違うんです。誤解です！

「ヂュウウウ……ッ」

私の足元で、ララが前歯を剥き出しにして兵士たちを威嚇《いかく》している。どうしよう、こっちも臨戦態勢になっているんですが。

「気を付けろ！　あのネズミ……もしや魔物かもしれんぞ！」

困った、事態がどんどん悪化していく。私は為す術もなく途方に暮れていた。けれどネージュにドレスの裾を引っ張られ、はっと我に返る。

「だ、大丈夫よ、ネージュ。お母様がついてるからね」

「あのね、あっちからびゅーってきこえるの！」

ネージュが遠くを指差しながら言う。私は瞼を閉じて、じっと耳を澄ませた。喧噪《けんそう》に紛《まぎ》れて、風切り音のようなものが聞こえてくる。そしてそれは、どんどんこちらへと近付いてきていた。

「直ちに武器を収めよ！　その者たちは、我らの大事な客人だ！」

幼い少年の声がその場に響き渡る。途端、兵士たちはぴたりと動きを止めた。

通路の奥から、ラヴォント殿下が文字通り飛んでやって来る。そして私たちの目の前に降り立った。

「アンゼリカ夫人、無事か⁉」

「は、はい！」

私はコクコクと頷いた。ラヴォントが扱う魔法は風属性。強風や竜巻を発生させて敵を吹き飛ばしたり、真空の刃で攻撃する以外にも、色んなものを浮かせて移動できたりと多彩な用途で使えるのだ。

「お下がりください、殿下！　この者たちは……！」

「武器を収めよと言っただろう！　彼女はナイトレイ伯爵夫人であるぞ！」

ナイトレイの名を聞いた途端、兵士たちが息を呑むのが分かった。警戒を解き、「ご無礼をお許しください」と頭を下げてきた。フライパンとララはまだ怒りが収まらない様子だったが、私が「あなたたちも、ほら」と声をかけると、ようやく落ち着いてくれた。

「しかし、なぜそなたたちがここにいるのだ？」

「それが私にもよく分からなくて……目を覚ましたら、こんなものが手元にありましたの」

そう説明しながら銀色の板を見せる。直後、ラヴォントは驚愕の表情を浮かべた。

「それは……そ、そなた、まさか館長に会ったのか!?」

「館長？」

「国立図書館に宿りし精霊のことだ！　普段は、次元の狭間にある書庫に引きこもっていると聞くが……」

あのワンカップおじいさんが？　私は戸惑いながらも、先ほど見た夢や隠し階段のことを説明した。ラヴォントだけではなく、その場にいた兵士たちも真剣な表情で聞き入っている。

「ふむ……ではそなたたちは、館長に導かれてやって来たのだな」

ラヴォントは周囲をぐるりと見渡した。

「この道は、エクラタン王城と国立図書館を繋ぐ地下通路で、本来なら王族以外の利用を禁じられているのだ」

「そ、そうでしたの⁉　私たち、早くここから出た方が……！」

「本来なら、と申したであろう。そなたが手にしている板のようなものは、館長から直々に授かった通行証だ。それさえあれば、審査を受けなくても入館することが可能となるし、この通路の利用も許される」

まさにＶＩＰ待遇。そんなにすごいアイテムだったんだ……。

これで図書館に入れるし、魔導書も見付かるかもしれない。

ただし、一つだけ問題がある。うちのバカ姉のことだ。

「夫人？　難しい顔をしてどうしたのだ？」

「ええと……実は私、今はあまり城外に出られないことになってまして」

「ふむ。事情はよく分からぬが……そういうことなら、私に妙案があるぞ！」

小さな王子様は、自信満々な表情で自分の胸を叩いた。

薄暗い地下通路を延々と進み続ける。その道すがら、私はこのフライパンこそが火の精霊具であることを明かした。

「そなたが、あの伝説の『紅蓮の大斧』に封じ込められていた精霊……！　なんと神々しい姿だ！」

フライパンを見上げるラヴォントの瞳は、宝石のように輝いていた。祖父の相棒とのご対面で大はしゃぎだ。館長の話をしていた時より、テンションが高い。

「あれが精霊具……」

「ただのフライパンにしか見えないが……」

ラヴォントの護衛兵たちも、興味津々《しんしん》な様子でこちらに視線を向けている。

皆に注目されて照れているのか、フライパンからは白い煙が噴き出ていた。卵を割り落としたら、目玉焼きが作れそう。

「おかあさま、としょかんってなぁに？」

そっか。ネージュは図書館に行ったことがないのね。

「色んな本を読んだり借りたりするところよ」

「えほんもある？」

「えっと……」

その質問に私は口ごもった。こちらの世界の図書館って、児童書や絵本は置いてあるのだろうか。

「あそこは絵本も豊富だぞ。幼少期に母上がよく読み聞かせてくれたものだ。……よし、私がネージュ嬢にオススメの本を選んでやろう！」

「そ、そんな、殿下のお手を煩わせるわけにはいきませんわ！」

畏《おそ》れ多いにもほどがあるわ！

「夫人よ、気にするな。これは私のためでもある。私は数日に一度、勉学のために図書館を利用している。その時間を減らすことができて、私も好都合なのだ」

ははーん、サボりの口実が欲しいってことか。

チラッと護衛兵たちを見ると、彼らは「私たち、何も見てないし聞いてません」と言いたげに顔を逸《そ》らした。この慣れた感じ……さては殿下、常習犯だな？

「でんかも、えほんすき？」

「絵本はよいぞ。絵がたくさん描いてあって、文章も少なくて読みやすい。数学書や語学書と違ってな！」

殿下は胸を張って答えた。言葉の端々から、勉強をしたくないという思いがひしひしと伝わってくる。

ここは殿下のサボタージュに付き合ってあげよう。先ほど助けてくれた恩もある。

「ラヴォント殿下。それでは、よろしくお願いしますわ」

「任せておけ！」

……だけど、このことがリラ王太子妃にバレたらまずいのでは？

「だが、もし母上や家庭教師にバレたら説教を受けてしまう。なので此度《こたび》の件は……」

「内密に、ですわね」

「頼んだぞ」

互いの利害関係が一致した瞬間である。私とラヴォントは頷き合った。

◆◇◆◇◆

暫く歩いているうちに、突き当たりの階段に辿り着いた。上へ上っていくと、事務室のような場所に出る。ラヴォント曰く、ここは検問所で、数人の職員と見張りの兵が常に目を光らせているらしい。

「通行証はお持ちでございますか？」

「もちろん持っているぞ」

王家と言えども、顔パスは通用しないらしい。

「そちらの方も、通行証をお見せください」

私が銀色の通行証を提示すると、職員たちがざわつき始めた。「本物か？」や「偽物かも……」とヒソヒソと話をしている。

まあ疑われるのも無理はないか。気まずい空気が流れる中、私は引き攣った笑みを浮かべていた。

ふと壁に飾られている肖像画が目に留まった。あれはワンカップおじいさ……館長？

その時、突然館長の顔がゆっくりと動き出した。そして私の方に視線を向け、カッ!! と両目を光らせる。滅茶苦茶怖いんだけど！

「か、館長の絵が……！」

「間違いない、この通行証は本物だ！」

よく分からないけれど、信じてもらえたらしい。何はともあれ、これで入館できる。

あ、大事なことを忘れてた。

「殿下。そういえば、先ほど仰っていた妙案というのは……」

私の言葉は最後まで続かなかった。

……殿下、さっきより背が高くなってません？ 子供特有のふっくらとした頬も随分とすっきりしていて、目元もきりっと凛々《りり》しくなっている。

「あ、あの……っ」

「夫人？　どうしたのだ？」

「でんか、おっきくなってるのー！」

ネージュが私の言葉を代弁してくれた。

そう、今私たちの目の前にいるのは、大人の姿をしたラヴォントだった。驚きのあまり、私は言葉を失っていた。

「むっ、突然驚かせてしまってすまない。まだ鏡のことを説明していなかったな」

ラヴォントが手にしていたのは、黄金細工で縁取られた手鏡だった。

「これは『夢幻の鏡』と呼ばれる精霊具で、鏡に向かって念じると、自分の望む姿に変身することができるのだ。この布の下に、核が埋め込まれている」

そう説明しながら、黒い布が巻かれた取っ手の部分を指差す。

「そんな精霊具があるなんて、初めて知りましたわ……」

私の記憶が確かなら、マジラブにも登場していなかった。

「王家には存在が秘匿《ひとく》されている精霊具がいくつかある。これは有事の際、王族の人間が安全に退避するために使われるものなのだ。だがまあ、平時ではこうして変装に用いている」

世を忍ぶ仮のお姿というわけね。イケメン過ぎて、忍べていないような気もするけど。女性職員が顔を真っ赤にして、ラヴォントを凝視している。

「さあ、夫人も使ってみよ」

「え、えぇっ？」

妙案って、このことだったのか。でも王家の精霊具をお借りするのは、流石におこがましいというか……！

「遠慮はいらぬ。そなたには、サインの礼をしなくてはならないと思っていたからな」

「あ、無事に届きましたのね」

「先ほど、祖父の従者が部屋にやって来て、色紙を詰めた木箱を置いて行ったのだ」

嬉しそうにラヴォントが語る。それにしても、あんなに大量のサインをどうするつもりなのだろう。まさか全部部屋に飾るってことはないわよね？　一抹の不安が脳裏をよぎる。

「というわけで、今回だけの特別サービスだ！」

「そ、そういうことでしたら」

ぐいぐいと迫ってくるラヴォントに根負けして、私は恐る恐る鏡を覗き込んだ。

だけど、自分が望む姿と言われても、すぐには思い付かない。まずは髪型を変えてみるとか？　あとは眼鏡をかけてみるとか……。

鏡に映る自分と睨めっこしていると、突然鏡が白く光った。

そして光が止んだあと、そこに映っていたのは、黒縁眼鏡をかけた黒髪の女性だった。

「これが……私⁉」

私は両手でフレームを動かしながら、鏡に自分の顔を近付けた。ちなみに伊達《だて》眼鏡なので、レンズに度は入っていない。

「おかあさま、くろくなっちゃった……！」

ネージュが目を丸くして固まっている。

「チュッ……チュウ、チュチュウッ！」

ララが慌てた様子で、私の頬をぺしぺしと叩く。そうだ、この鏡があればララたちを元の姿に戻せるかもしれない！

「ちなみに、精霊具の効果は一時的なものだ。２時間ほどで元の姿に戻ってしまうから、注意するのだぞ」

ラヴォントの説明を聞き、ララはがっくりと肩を落とした。ド、ドンマイ！

「ネージュ嬢も鏡を使うといい」

「はーいっ」

元気よく返事をしたネージュに、ラヴォントが鏡を向ける。ネージュはどんな姿をイメージするのだろう。ララやフライパンとともに、固唾《かたず》を呑んで見守る。

しかしいくら待っても、一向に鏡が光らない。

「故障か？　いや、反抗期か？」

精霊具に反抗期ってあるの⁉　いやでも、うちのフライパンや水差し丸も結構モチベに左右されるわ……。

「ふわふわさん、おやすみしてるの！」

「ふわふわさん？」

謎の呼称に、ラヴォントの頭の上に疑問符が浮かぶ。

「殿下、ネージュには精霊の姿が見えますの」

「見える？　精霊が？」

「ふわふわさんというのは、たぶんその鏡に宿る精霊のことですわ」

「そうか、面白い目を持っているな。しかし寝てしまったとなると……仕方がない。これらを使うか」

ラヴォントが鉄製の戸棚を開けると、ウィッグや帽子、眼鏡などが出てきた。

「ネージュ嬢なら、金髪も似合うかもしれんな」

「でんか！　ネジュ、これがいいの！」

「それは付け髭だ。そなたには似合わん」

ノリノリでネージュに明るい金髪のウィッグを装着させるラヴォント。それだけじゃ足りないと思ったのか、丸い伊達眼鏡やフリル付きのカチューシャも着けさせる。

「殿下、手慣れていますわね……」

「鏡が使えない時に備え、王族たちは変装術も身に付けているのだ。特にお祖父様は女装の達人だ。若い頃は町娘に変装して、よく王都へ繰り出していたらしい。そして平民たちのトラブルに首を突っ込み、解決していったそうだ」

いかにも時代劇でありそうなシチュエーションだ。あのおじいちゃん、昔は本当に自由奔放だったんだろうな。

ネージュの変装も完了したところで、事務室の奥にある木製のドアを開き、いよいよ館内に足を踏み入れる。

「すごーい……！」

ネージュは周囲を見回しながら、感嘆の声を上げた。

ドーム状の巨大な建物の中に、ガラス製の透明な本棚がずらりと設置されている。館内を煌々《こうこう》と照らしているのは、天井から吊るされた星飾りだ。館長が夢の中でいた書庫と雰囲気が似ている。

館内の中央は読書スペースになっており、長机や椅子、ソファーが用意されている。食べ物

の持ち込みや飲食は厳禁。破ったら、懲役刑が科せられるのだとか。

「飲食はともかく、持ち込みだけで懲役刑ですの？」

ちょっと厳しくありません？

「食べ物の匂いが本に付いてしまうことがあるそうだ。同様の理由で、香水の使用も禁じられている。夫人は……付けてないな」

ラヴォントが私の耳元に鼻先を近付けて、すんすんと匂いを嗅《か》いだ。私は人工的な香りが苦手なので、日頃から香水を使わないようにしているのだ。

「さて、ネージュ嬢は私に任せて、夫人は目当ての本を探してくるといい。館長が通行証を授けたということは、その本もそなたが来るのを待っているはずだ」

「ありがとうございます、殿下」

「念のために、私の護衛を貸そう」

私服に着替えた兵士が、「よろしくお願いします」と頭を下げる。

「では行くぞ、ネージュ！」

「はい、でんかっ」

大人サイズになったラヴォントに肩車をしてもらい、ネージュが弾んだ声を上げる。こうして見ると、歳の離れた兄妹のようだ。

それじゃあ、私も魔導書を探しに行きますか。まずは、壁に貼られている見取り図を見てみる。館内は細かくエリア分けされていて、数学書、語学書、料理本、絵本と様々なジャンルが取り揃《そろ》えられている。配置の様子を頭に叩き込み、早速魔導書のエリアへ向かう。

魔導書。

魔法や精霊に関する知識を記した書物で、中には恐ろしい魔物が封印されていたり、読んだ者を石に変えてしまったりと、危険なものもある。そういった書物は、人目に触れないように館長が自分の書庫で保管しているそうだ。

よって、館内に所蔵されているのは、比較的安全な書物となる。

「……おやおや？」

数回ほど本棚を確認してから、私は首を傾げた。

変化魔法に関する書物が、一向に発見できないのだ。陛下曰く、読みたい本はすぐに見付かるらしいのだけれど。

私の本に対する思いが足りないのか……？

「魔導書ーっ。読みたい、読ませてくださいっ。変化魔法っ」

「チュッ。チュチュッ」

ララも私の真似をして、本棚に向かって祈りを捧げている。何やってるんだろ私たち、と一瞬思いかけたが、正気に戻ったら負けだ。

祈祷《きとう》を済ませたところで、再度本棚を一番下の段から調べていく。

焔の書、水魔法の全て、雷帝新書、風と魔法と私、木魔法大百科、雷帝新書……ダメだ、目がしょぼしょぼしてきた。あとこの世界の魔導書って、絶妙にネーミングがダサいな。

ここは一旦《いったん》休憩。近くのソファーにもたれ、深くため息をつく。

「大丈夫でございますか？」

大丈夫じゃないです。護衛兵に声をかけられ、私は力なく首を横に振った。

「私の探し方が悪いのかしら……ごめんね、ララ」

「チュウ、チュウ」

ララは首を横に振った。心なしか笑っているような表情に、じんと胸を打たれる。そうだわ、ララたちを助けるためにも、落ち込んでいる場合じゃない！

ソファーから立ち上がり、魔導書エリアへ戻ろうとする。すると私の行く手を遮るように、ふくよかな体型の男性が目の前を通り過ぎていった。

「チュウ？」

ララが床を見下ろして鳴く。ハンカチを落としていったのね。私は花柄のそれを拾い、男性に向かって声をかけた。

「そこのあなた、ハンカチを落としていきましたわよ」

あれっ、聞こえなかったのかしら。こちらを振り向きもせず、スタスタと行ってしまう。

「ちょっと、そこの赤い服の方ーっ！」

小走りで追いかけながら、再び声をかけるが無反応。しかも向こうは普通に歩いているはずなのに、なぜかみるみるうちに距離が開いていく。なんで？　競歩大会の優勝者なの⁉

「はぁっ、はぁっ……ま、待ってぇ……！」

「チュウ……」

ララが「もう諦めた方がいいんじゃないですか」と言いたげに、耳元で小さく鳴いた。やだっ、ここまで頑張ってきたのに、今さらギブアップしたくない！

謎の意地が私を突き動かす。しかし科学書エリアの付近で、ついに男性を見失ってしまった。

本棚に挟まれた狭い通路に入ったと思ったら、そこで忽然と姿を消してしまったのである。

無念。私は込み上げてくる悔しさに、手汗で湿ったハンカチを握り締めた。

「ん？」

床に1冊の本が落ちている。さっきの人が落として行ったのだろうか。

雷帝新書？　魔導書の本棚で見かけたタイトルだわ。そういえばこの本だけ、なぜか2冊置いてあったっけ。需要が高いから、増刷した？

　本を拾い上げると、一瞬だけ白く光った。すると、あら不思議。本のカバーもタイトルも全く別のものに変わっていた。

「『魔法の使い方から解き方まで！　誰でも分かる変化魔法の全て』……」

　タイトルを読み上げた私は、一瞬頭が真っ白になった。変化魔法って！　書いてある!!

「これだわ……っ！」

「チューーッ！」

　ララが本の上に飛び乗って、喜びの舞を踊る。

「夫人！　こんなところにいらっしゃいましたか……！」

　護衛兵が慌ただしく駆け寄ってくる。ほんの少し目を離した隙に私がいなくなっていて、必死に探していたらしい。ごめん、すっかり存在を忘れてた。

　だけど結局、あの太っちょさんにハンカチを渡しそびれちゃったな。とりあえず落とし物コーナーに届けておきますか。そうすれば、あとで気付いて取りに来るかもしれない。

「先ほどハンカチを拾ったのですけれど」

　カウンターに座っている司書に、ハンカチを手渡そうとする。

「……あら？」

「どうなさいました？」

「えっと、ちょっとお待ちになって」

ドレスのポケットに入れておいたはずなのに、いつの間にかなくなっている。まずい、どこかに落としてきたのかも。人様の落とし物を!?

「どっ、どうしましょう!?」

「まあ、運良く持ち主の方が拾っているかもしれませんから」

慌てふためく私に、司書が落ち着いた口調で言う。

「ちなみにどのようなハンカチでしたか？」

「確か花柄の……あら？」

おかしいな。どんな色だったのか、全然思い出せない。花柄ってことだけは覚えてるんだけど……！。私がうんうん唸っていると、司書は「ああ」と何かに納得するように頷いた。

「おそらくお客様が見かけたのは、精霊ですね」

「せ、精霊？」

「はい。この図書館では、精霊が人間の振りをして本を読みに来ることがあるんですよ」

何でもありだな、国立図書館！

だけど、もしかしたら困ってる私を見て、助けてくれたのかも。

「夫人。こっちだ、こっち」

読書スペースを訪れると、先にやって来ていたラヴォントに声をかけられた。

「おかあさま、おかえりなの！」

ラヴォントの膝の上で、ちょこんと大人しくしているネージュ。絶世の美青年とキュートな美少女のセットは、破壊力抜群だわ。キラキラとしたオーラを感じる。

それはいいんだけど。

「で、殿下、そちらの本は……？」

テーブルに30冊ほど絵本が積み上がっている。

「うむ。どれにするか決められなかったので、手当たり次第持ってきたぞ！」

「えほん、いっぱーい！」

豪快というか雑というか。でもまあ、ネージュが喜んでるからいいか。

「で、探し物は見付かったのか？」

「ふっふっふ。もちろんですわ」

「チュッチュッチュッ」

「おかあさまとララ、うれしそうなの」

そりゃそうよ。数々の死闘を経て、ようやく見つけ出したんだから。私は意気揚々と、『魔法の使い方から解き方まで！　誰でも分かる変化魔法の全て』を掲げた。

途端、その場の空気が凍り付いた。

「め、珍しいものを調べているのだな」

「でんか？　なんにもみえないのー！」

「しっ！　そなたは見ない方がいい！」

ラヴォントは素早くネージュの両目を塞いだ。護衛兵たちも怪訝そうにこちらを見てくる。

「チュチュウッ⁉」

表紙を見たララが、ぴょんっと飛び跳ねる。

そういえば、さっきと本のカバーの色が違う。私は本の表を見て、度肝を抜かれた。

「『エクラタン拷問史』⁉」

物騒なタイトルの下に、水責めに遭っている男のイラストが描かれている。

「違います！　誤解です！　私が見付けたのは、この本じゃありません！」

私は全力で首を横に振った。

その直後、エクラタン拷問史がまばゆい光を放つ。閉じかけていた瞼を開くと、私の手の中には例の魔導書が収まっていた。

「なるほど、これは変化魔法だな」

ラヴォントが魔導書をまじまじと観察しながら、言葉を続ける。

「長い年月この図書館に保管されていた影響で、本そのものに強い魔力が宿ったのだろう。今のように、様々な本に変化することができるようだ」

だからあの棚に、雷帝新書が２冊置いてあったわけか。見た目が変わってるんだもの。どうりで私がいくら探しても、見付け出せないわけだ。

大きな謎が解けたところで、早速読んでみましょうか。

「チュッ、チュッ♪」

ようやく見付けた手がかりに、陽気なネズミソングを歌うララ。

「チューなのっ！」

私の膝の上に乗り、ニコニコとララを眺めているネージュ。

和やかな雰囲気の中、私は魔導書のページを開いた。ラヴォントや護衛兵たちも、興味津々な様子で私の背後から覗き込んでくる。

「「「…………………」」」

なんとも言えない沈黙が流れる。自分でも眉間に皺が寄っているのが分かった。

「……………なんて書いてあるのだ？」

ラヴォントがぽつりと零した。

そう、どのページもミミズが這《は》ったような文字が綴られており、全く読むことができないのだ。護衛兵たちも全員お手上げ。「うちの子供の方が字が上手い」と言い出す人もいる。

「おかあさまっ、ララがまるくなっちゃったの！」

ネージュの手のひらの上で、ララが丸まって不貞寝《ふてね》を決め込んでいる。唯一の手がかりがこれなんだもの。今はそっとしておいてあげましょう。


とはいえ、変化魔法に関する書物はこの1冊だけ。とりあえず1カ月ほど借りることにした。

ネージュの絵本と一緒に台車に載せて、検問所へ向かう。

「で、殿下。そこまでしてくださらなくても大丈夫ですから……！」

「遠慮するな。今日の私は、ネージュの兄なのだからな！」

すやすやと眠るネージュを抱っこしながら、ラヴォントが得意げに笑う。一人っ子なので、妹ができたようで嬉しいのかもしれない。

検問所のドアを開けると、司書や兵士たちが一斉にこちらを見た。心なしか、表情が引き攣っている。

「どうしたのだお前たち」

すぐに異変に気付いたラヴォントが怪訝そうに問う。

「い、いえ、その……」

言葉を濁しながら、彼らはちらりと部屋の奥に目を向ける。黒衣を纏った妖艶な美女がソファーに座り、優雅に読書を楽しんでいた。その背後には、屈強な兵士たちが、ずらりと並んでいる。

「ふふ、ふふふ。おかえりなさい、ラヴォント。あなたが戻ってくるのを、ずっと待っていたのよ」

ねっとりと絡み付くような女性の声。私は一瞬心臓が止まりそうになった。いや、たぶん止まったと思う。

「あら、そこにいる不細工は誰かしら?」

呆然と立ち尽くす私を見て、彼女は黒いリップが塗られた唇を吊り上げた。

「もしかして、私の息子に手を出そうとしている泥棒猫ちゃん?」

マジラブの中で最も危険な女、リラ王太子妃だった。

「なんだ、母上か。化け物かと思ったではないか」

突然の母親の登場にも、全く動じないラヴォント。

「驚かせてごめんなさい。私も本を読みに来たの。だってあなたがいなくて、暇なんですもの」

そう言いながら、リラは本の表紙をラヴォントに見せた。黒地のカバーに赤いフォントで、『実録！　エクラタン犯罪史』と書かれている。その下には、ナイフを振りかざしながら高笑いをしている男の絵があった。

「それで？　その若い女はどなた？」

ソファーから立ち上がりながら、リラは再び質問した。口元は笑っているが、目が笑っていない。ちゃんと空気を読んで適当に誤魔化してくれるわよね？　信じてるわよ、王子様……！

「うむ！　この女性はナイ……」

やめてーっ！

「か、彼女は私の妻でございますっ！」

私の絶体絶命の危機を救ったのは、司書の一人だった。

「あら、そうなの？　で、そこの女は？」

リラの声音が若干刺々《とげとげ》しくなった。

そこの女、とはネージュのことだ。この修羅場でも、気持ちよさそうに眠っている。

「わ、私の娘ですわ。遊び疲れて寝てしまいましたの」

素直に答えながら、私はラヴォントの腕の中からネージュを回収した。

リラはじっとネージュを凝視し続けている。ちょっと待って、まさかこんな小さな子まで嫉妬の対象なの？　4歳児ですよ？

「まあいいでしょう。その子に関しては、詮索しないであげる」

それでいいんですよ。本当に何もないんだから。

「だけどあなた……自分の娘を利用して、この子に近付こうとしてない？」

なんちゅう勘繰りをしてくるんだ、この悪女は。

「いい加減にしないか。アン……ゴホン、夫人に失礼ではないか。彼女には愛する夫がいるのだぞ」

流石に状況を理解し始めたのか、ラヴォントは私の名前を伏せつつ抗議した。

しかしリラも負けじと言い返す。

「油断してはダメよ、ラヴォント。こんな女と図書館デートだなんて……人気のないところに連れ込まれて、襲われたらどうするの？」

その問いに、ラヴォントは首を傾げた。

「襲う？　この者は、私の命を狙ってなどいないぞ」

「ああ……やっぱり何も分かっていないのね。お母様はあなたが心配だわ」

リラは憂い顔でため息をついた。まあ、心配する気持ちは分かるんだけどね。

あの手この手を使って、王室に入り込もうとする人間はごまんといる。

だからリラが猜疑心《さいぎしん》の塊になってしまうのも、無理はないのだ。貴族の世界でも、そういった話はよく聞くし。

「あなたを狙う女は山の数……いえ、星の数だけいるのよ。最近は特にあの女が要注意だわ」

「あの女？」

「ナイトレイ伯爵夫人よ」

「アンゼリカ夫人⁉」

ラヴォントが反射的にこちらを見てきたので、私は素早く視線を逸らした。

「あの女には気を付けなさい。あなたやレグリス様を狙って登城してきたんだから」

狙ってない狙ってない。

「そ、そうだったのか⁉」

頼むからこっち見ないで！

「リラ殿下。ナイトレイ伯爵夫人は、清廉潔白な女性とお聞きしております。そのようなご心配は無用かと……」

リラの護衛兵が見兼ねて口を挟んだ。清廉潔白？　誰のことを言っているのか、ちょっと分かりませんね。

「そんなの分からないじゃない。だってあの悪食伯爵の妻よ？　地位しか取り柄のない男なんて、さっさと切り捨てるに決まっているわ」

本で口元を隠しながら、くすくすと笑うリラ。

彼女の言葉に、私はふつふつと怒りが込み上げてくるのを感じていた。私はともかく、シラーまで悪く言われる筋合いはないんだが!?

「お言葉ですが」

リラを真っ直ぐ見据えながら、私は口を開いた。

「ナイトレイ伯爵は確かにちょっと意地悪なところがありますし、ツンデレなところもありますけど。とっても優しくてかっこよくて、最高の旦那様ですわ。たとえ殿下であっても、あの人を愚弄することは許しません。……と、伯爵夫人なら仰ると思いますわ」

私は申し訳程度に、言葉を付け足した。顔が真っ赤になっているのが自分でも分かる。

変な言いがかりを付けられていたのもあって、つい感情的になってしまった……っ!

しかし、リラに激怒しているのは私だけではない。

「チュゥウウッ!!」

ララは私の肩から飛び降りると、リラに向かって激しく鳴き始めた。全身の毛が逆立っている。

「チュウ！　チュウ、チュウウウッ！」

「ララ!!　ステイステイ!!」

そのままリラに飛びかかっていこうとするので、私は慌ててララを呼び止めた。流石に噛み付くのはアウトだから！

「可愛いらしいネズミさんね。あなたのペット？」

「えっ？　は、はい」

不快感を露《あらわ》にするどころか、リラは少し屈みながらララをじっと見つめていた。予想外の反応に、ララがちょっと引いちゃってる。

「殿下、そろそろ城に戻られた方がよろしいかと……」

自分の護衛兵に声をかけられ、リラは壁の時計に目を向けた。

「あら、もうこんな時間。お茶会が始まってしまうわ。それじゃあラヴォント、あとでね」

護衛兵たちを引き連れて、リラが部屋から去っていく。

途端、室内の張り詰めていた空気が和《やわ》らいだ。脱力して、その場にへたり込む者もいる。

「まったく、母上には困ったものだ。私や父が女性と接していると、あのように機嫌を損ねてしまう。なぜだろうか？」

ラヴォントは腕を組みながら、訝しそうに首を傾げた。この王子様、もしや相当なニブチンさんなのでは？　メテオールはあんなにマセていたというのに……あ、くしゃみ出そう。

「ふぁっ……くしょんっ！」

その瞬間、白い煙が私の体を包み込んだ。真っ白な視界の中、「へぶしょいっ！」とラヴォントがくしゃみをするのが聞こえた。

そして煙が晴れると、そこにはちびっ子サイズのラヴォントが立っていた。鏡の効果が切れたようだ。司書から借りた手鏡を覗き込むと、私も元の姿に戻っていた。

あと少し早く効果が切れていたら、リラに素性がバレていたかもしれない。ギ、ギリギリセーフ……！

「むにゃ……」

ネージュもお目覚めの時間だ。小さく欠伸《あくび》をしながら、目を擦っている。

「おはよう、ネージュ」

「……あっ、おかあさまくろくないの！」

私を見るなり、琥珀色の瞳をキラキラと輝かせる。

「ネジュね、いつものおかあさまがいちばんすきーっ！」

地上に舞い降りた天使だ。頭の上に、天使の輪が見える。疲れた体に、ネージュの可愛さが染み渡るわ……っ！

◆◇◆◇◆

地下通路を通ってエクラタン王城に戻った私は、真っ先にシラーの客室に向かった。

数回ノックしてから部屋に入ると、カトリーヌの姿もあった。2人でチェスをしていたらしい。

「変化魔法の魔導書が見付かりましたわ」

様々な説明を省き、私は2人に本を見せた。

「君、本を間違えているぞ」

「はい？」

慌てて表紙を確認すると、『悪役王子は騎士団長に恋をする』というタイトルが目に飛び込んできた。また違う本に変わってる！

「僕は別に、君の嗜好《しこう》を否定するつもりはないが……」

「突然そんなものを見せられると、コマリーヌ」

「違いますわ！」

あらぬ疑いをかけられ、私は力強く否定した。

「姿を変える本か。はた迷惑な……」

事情を聞いたシラーは、呆れたようにため息をついた。

「問題はそれだけじゃありませんわ」

「どういうことだ？」

「その本、字が下手過ぎて、なんて書いてあるのか全っ然読めませんの」

館内の司書たちも、お手上げ状態だった。魔力を宿した影響で、中身が大きく変質してしまった可能性もあるという。

「せっかく見付けた手がかりですけど、諦めるしか……」

「読めるぞ」

今、なんと仰いました？

「この本に使われているのは、残夜騎士団で使われている暗号文字だ」

ページに視線を落としながら、シラーは言葉を続ける。

「騎士団の中では機密情報を扱う際、外部に流出した事態を想定して文書を暗号化しているんだ。例えばここの文章は、『よい子のみんな！　変化魔法は正しく使ってね！』と訳することができる」

「ただのミミズ文字にしか見えませんわよ」

だけど、司書たちが誰も解読できなかった理由が分かった。特定の騎士団でしか使われていない文字なら、そりゃ読めるわけがない。

「へ、変化魔法を解く方法は書いてありますの!?」

「急《せ》かすんじゃない。今調べて……このページか？」

「キターッ！」

「静かに」

私を軽くたしなめると、シラーが無言で文章を読み進める。

心なしかイケメンの表情が険しくなっていく。なんだか嫌な予感がしてきた。

「……変化魔法は基本、術者以外に解くことはできないらしい」

まあそうなるわよね。やっぱりシャルロッテを捕獲するしかないのかしら。

「だが、ある精霊具を使えば、あるいは……とも記されている」

「精霊具？」

その言葉にカトリーヌが反応する。シラーは頷き、本の内容を読み上げた。

「変化魔法のみならず、あらゆる魔法を消し去る闇の魔力を秘めているらしい。普段は能力の大半を失っており、全ての光が閉ざされし時、真の力を発揮するそうだが……」

中二要素満載の説明文だな。

「そんな精霊具、聞いたことがないな」

カトリーヌは腕を組んで瞼を閉じた。眉間に皺が寄っている。

「……お城に保管されているということは？」

「それはない」

私の問いに、シラーは短く言い切った。

「以前、王家の宝物庫に入ったことがあるが、それらしきものはなかった」

「忍び込んだ、の間違いだろう。愚弟め」

カトリーヌがジト目でシラーを睨む。忍び込んだとは？

「……話を続けよう」

シラーは小さく咳払いをした。

「この精霊具に宿る精霊に関する記述もある。黒雲のような形状をしていて、常に眠り続けているそうだ。精霊集会も遅刻してばかりで、罰として、ある物品に封じ込められてしまったらしい」

「それって罰になってますの？」

寝てばかりの遅刻常習犯に、寝床を提供してどうする。

結局、その他にララたちを元に戻す手がかりは見付からなかった。でも精霊具の存在が分かっただけでも、大きな収穫ってことで。

だけど、どうして騎士団の暗号文字が使われていたのだろう？　謎が一つ増えてしまった。

3人で話し込んでいるうちに、すっかり日が暮れてしまっていた。早く戻らないと、ネージュが寂しがっているかもしれない。魔導書はシラーに任せることにして、私は部屋を出た。

夜の城内は薄暗くて静かで、ちょっと不気味だ。足早に廊下を進んでいく。

「……ん？」

何やら騒がしい物音が聞こえてくる。慌ただしく駆け回る足音や、人の怒鳴り声だ。「捕まえろ」と聞こえた気がして、心臓が跳ね上がった。

ま、まさかシャルロッテが……!?

一旦シラーのところに引き返す？　ううん、ネージュを一人にするわけには……！

結論が出せないまま、曲がり角に差しかかる。その向こう側から、黒い影が私の胸の中に飛び込んできた。

「コンッ！」「キャッ！」

その場に尻もちをついてしまう。いてて、20代で腰痛持ちとか勘弁してほしい。……というか、今「コンッ」って聞こえたような。

恐る恐る視線を落とすと、真っ黒な毛並みの子狐がプルプルと震えながら、両前脚で額を押さえていた。痛そう……じゃなくて、なんで城の中に狐が？

「こっちに逃げたぞ！」

「逃がすな！　捕まえろ！」

兵士たちの怒鳴り声と、重量感のある足音がこちらへ近付いてくる。子狐の小さな体がビクッと跳ね上がった。

「もしかして……あなた、追われてるの？」

私の言葉に子狐は小さく頷いた。人間の言葉が分かるのだろう。

ああもう、ほんとはダメだって分かってるけど……！

「早くこの中に入って」

ドレスの裾をつまみながら、私は声をひそめて言った。迷っているのか、子狐が困ったような表情でキョロキョロと周囲を見回している。

「早く！」

強い口調で促すと、黒狐はササッとドレスの中へと潜り込んだ。直後、曲がり角から兵士たちが姿を現した。その手には槍ではなく、捕獲用の網が握られていた。

「！　大丈夫ですか⁉」

「え、ええ。ちょっと驚いてしまっただけですわ」

私は笑顔を取り繕いながら、立ち上がった。子狐が右脚にひしとしがみついてきて、ちょっとくすぐったい。

「それより、何か事件でもありましたの？　先ほどから騒がしいですけれど」

「ああ……黒い狐がこっちに来ませんでしたか？」

「さっきの子かしら。向こうに行きましたわ」

私は元来た方角を指差した。「ありがとうございます」と感謝されて、少し良心が痛む。

「あいつ、夜になるとたまに城内をうろついてるんですよ。まったく、どこから迷い込んでくるんだか」

「おい！　モタモタしてると、また逃げられるぞ！」

「そうだな。では失礼します」

兵士たちが走り去っていく。彼らの後ろ姿が見えなくなったところで、私は猛ダッシュで部屋に戻った。

「おかあさま、おかえりなの！」

笑顔で私を出迎えるネージュ。お絵かきをしていたのか、クレヨンを握り締めている。

しかしなぜか部屋の中が明るい。誰かが明かりを点《つ》けてくれたのだろうか。

「チュー」

「んっ？　ララさん!?」

うちの侍女がフライパンの中に入って、部屋の奥へと飛んでいく。フライパンの核が赤く光り、ボッと音を立てながらキャンドルに火が灯った。

……精霊具をすっかり使いこなしてる。いや、乗りこなしてるというべきか。

「あっ！　きつねさんだ！」

私のドレスの下から出てきた子狐を見て、ネージュが声を上げた。

「しっ！　兵士さんに見付かっちゃうから、静かにね」

私が人差し指を口元に当てて言うと、ネージュも「しーっ」と同じポーズを取る。

「コン……」

子狐は目をぱちくりさせながら、室内をキョロキョロと見回していた。

「大丈夫よ。怖くな……」

私がしゃがみ込んで話しかけようとすると、子狐はぴゃっと後ろに飛び退いた。そしてベッドの上へと避難しようとするが、跳躍力が足りず、ガンッとサイドフレームの部分に顔面を強打していた。

「きつねさん、だいじょーぶ!?」

ネージュが痛みで悶絶する子狐へと駆け寄る。

なんというか、どんくさ。ララの方がよっぽど俊敏に動けると思う。それに毛並みもとっても艶やかで、野生動物特有の獣臭さも感じられない。

この子、もしかして誰かのペットじゃないの？

「……とりあえず、ほとぼりが冷めるまで私の部屋に隠れていた方がいいわ」

コクンと頷く子狐。少しリラックスしてきたのか、ネージュに体を撫でられて気持ちよさそうに目を細めている。

廊下ではまだ兵士たちがこの子を探し回っているだろうし、安全に逃がす方法はないものか。

頬に手を添えながら、子狐をじっと凝視する。私の視線に気付いた子狐が、こちらへとことこと近付いてきた。心を開いてくれた……？

「助けてくれて、ありがとう」

「えっ」

しゃ、しゃ、喋《しゃべ》ったっ‼　いやでも、フライパンや水差しが精霊具になるような世界だもの。動物が人語を話せるくらい普通かもしれない。……普通なの？

「それと……さっきはごめんなさい」

あまりの衝撃で絶句している私に向かって、子狐はペコリと頭を下げた。

「さっきって……廊下で私とぶつかったことを気にしてるの？　あんなの何とも――」

「さようなら！」

そう言い残し、子狐は窓辺へと駆け出した。そして勢いよくジャンプをして、窓から飛び降りようとする。

このあとの展開はなんとなく想像がつく。

「きゃふんっ」

またしても跳躍力が足りず、壁に激突した。やっぱりダメだったか……。

「痛い……」

「きつねさんっ」

ぐすぐすと鼻を鳴らし、ネージュに慰められている。

「チュ？」

ララがフライパンに乗ったまま子狐へと近付く。すると子狐は「あれ？」と首を傾げた。

「さっきのネズミさん？　ということは……」

「さっき？」

「う、ううん、なんでもない！」

私が聞き返すと、子狐は大きくかぶりを振った。この子、いつからお城の中にいたのかしら。

「あれ？　この子の匂い……」

ララに鼻先を近付けて、すんすんと匂いを嗅いでいる。あっ、そういえば狐って、小動物を食べるんじゃなかった？

「逃げてララーッ！」

「ぼ、ぼくは神獣だから、お肉は食べないもん！」

神獣⁉　そのどんくささで⁉

「それより、この子人間でしょ？　どうしてネズミになってるの？」

「チュー！　チュチュゥッ！」

なんて言ってるか分かんないけど、事情を説明している模様。

「そっか。変化魔法で姿を変えられちゃったんだ」

「ええ。闇の精霊具があれば、元に戻せるらしいんだけど……」

「えっと……その精霊具、もしかしたら壊れちゃってるかも」

「えぇぇーっ⁉」

子狐の言葉に、私はぎょっと目を見開いた。

「今から３００年くらい前に、彼の気配が消えちゃって……」

子狐がぼそぼそと語る。そ、そんな……せっかく苦労して魔導書を見付けたのに……！

「あ、あとは他の精霊が入り込んで、別の精霊具に姿を変えているとか」

真っ白に燃え尽きかけている私に、子狐は慌てて言い足した。

「……別の精霊具に？」

「うん。波長の合う精霊同士で、同じ精霊具に宿ることがあるんだ」

ルームシェアみたいなものかしら。

「はちょーってなぁに？」

「性格が似てたり、気持ちが通じ合っていたり……似た者同士ってことだよ」

「ふわふわさんともくもくさんみたいなの！」

……ん？　ふわふわさんって、『夢幻の鏡』に宿っている精霊よね。そういえばあの子、仕事をサボってぐーすか眠っていたような。

「ネージュ……もくもくさんって誰？」

「まっくろなくもさん！　ふわふさんとおねんねしてたの」

……闇の精霊具、見付けたかもしれない。

◆◇◆◇◆

翌朝目を覚ますと、ネージュはいつものように私にぴったりとくっついて眠っていた。その枕元では、ララがフライパンの中でスピスピと寝息を立てている。ほんのり暖かくて気持ちいいらしい。

「ん？　あの子は？」

子狐の姿が見当たらない。

室内を見回すと、なぜか窓が開けっぱなしになっていた。カーテンがぱたぱたと風になびいている。そして窓辺にぽつんと置かれた椅子。

すさまじく嫌な予感がする。私は慌てて窓辺へと駆け寄った。

窓から身を乗り出して下を確認してみたが、血痕らしきものは残されていなかった。

奇跡的に着地に成功したのかしら。頼むからそうであってほしい。子狐の生存を祈りながら、私は椅子を片付けた。

「なんと……夢幻の鏡に、もう1体精霊が宿っておるとな？」

驚いたように目を見張る陛下。壁際に控えていた宰相や近衛兵たちも、信じられないといった表情でざわついている。

玉座の間が騒然とする中、ネージュは「はいっ」と大きく頷いた。

「ふわふわさんともくもくさんは、なかよしなのっ！」

「おお、そうかそうか」

陛下、デレッデレですわね。しかしここで、宰相が苦言を呈する。

「へ、陛下。幼児の話を信用なさるのですか？」

「幼児の話だからこそ信じるのじゃ。幼い子供は大人よりも感受性が強く、精霊の存在を感知できる者が多い。それに……」

陛下は一旦言葉を止め、視線を天井へと向けた。

「以前、レグリスの奴が『鏡から2人分の寝息が聞こえる』と言っておった。あやつは色んな意味でバカじゃが、妙に勘の鋭い男だからのぅ」

「レグリス殿下が……左様でございますか」

その名前を聞いて、私は一瞬ドキリとした。

レグリス国王。

ラヴォントの実父であり、エクラタン王国史上最悪の暴君だ。

全ては王国の繁栄と、王家の存続のため。

そのためなら自分の息子を洗脳し、反乱分子を始末させたり、妻のリラを生贄《いけにえ》にして恐ろしい魔物を召喚したりと、やりたい放題の悪役だった。

最期は正気を取り戻したラヴォントに討たれ、その生涯を閉じる。他のルートでも、国王は大体悲惨な末路を迎えていた。

色んな意味でバカって、この頃から既に暴君の片鱗を見せ始めているとか？　もうリラ王太子妃だけでお腹いっぱいなんだけど。

「お祖父様！　話は聞かせてもらいました！」

玉座の間の扉が勢いよく開かれ、肩に鞄《かばん》を提げたラヴォントが入ってくる。真剣な表情のシラーとカトリーヌが、そのあとに続く。

「む？　なんの用じゃ？　お前には鏡を貸してくれと頼んだだけじゃが」

「夢幻の鏡の現在の所有者は私です。ですから、この場に立ち会う権利があります！」

「そんなこと言って、勉強をサボりたいだけじゃろ」

流石おじいちゃん、よく分かっている。

「……で、鏡はちゃんと持ってきたんじゃろうな？」

「この通りでございます」

ラヴォントはノリノリで鞄の中から鏡を取り出した。取っ手に巻かれていた布が外され、白い核がキラリと光った。

「チュ……」

空飛ぶフライパンの中で、ララが緊張気味に鳴く。

「ネージュ、お願い」

「うんっ」

ネージュは真剣な顔で頷き、鏡に向かって話しかけた。

「あのね、ふわふわさん。もくもくさんにあいたいの！」

暫《しば》しの沈黙が流れる。ネージュが少し困った表情で私の方を振り返った。

「もくもくさん、まぶしいのいやって……」

「そういえば魔導書には、『光が閉ざされし時』と書いてございました。陛下」

「うむ。……直ちに、室内の窓に暗幕を垂らすのじゃ」

陛下はシラーと目配せをしたあと、兵士たちへ命じた。ほどなくして、玉座の間が薄闇に包まれる。思ったよりも暗くて、周りがよく見えない。私はネージュを抱き上げると、ススッとシラーの傍に避難した。

「この程度の灯《あか》りなら、問題ないだろう」

カトリーヌが手のひらに火の玉を出して、周囲をぼんやりと照らす。その傍らでは、ラヴォントが「おおっ、明るい！」とはしゃいでいる。

「これでどうかのぅ」

「もくもくさーんっ」

ネージュが再び呼びかける。しかし鏡に変化は見られない。

「ど、どう？」

「もくもくさん、あといちねんって……」

あと1年って何？　まさか「あと1年寝かせてくれ」って意味じゃないでしょうね!?

「ふわふわさんも、おねんねするって！」

寝るなーっ!!

「まあ精霊は気まぐれじゃからなぁ……」

どこか遠い目をしながら、陛下がぼそりと呟く。うちの精霊具は滅茶苦茶働き者ですわよ。

「……ん？」

その働き者は私たちに近付いてきたかと思うと、ネージュの頭の上にララをそっと下ろした。

そして静かに離れていく。

私は見逃さなかった。その鉄の体が小刻みに震えているのを。

キレてる。おねんねコンビの体たらくぶりに、誰よりもキレてる！

ゴオッと音を立てながら、フライパンは全身に赤い炎を纏わせた。室内に凄まじい熱風が吹き荒れ、近衛兵たちから悲鳴が上がる。

「ありゃ完全に怒りで我を忘れとるのぅ。城内の者たちを避難させよ！」

玉座から立ち上がりながら、陛下は鋭く叫んだ。えらいこっちゃ……！

「アンゼリカ。君はネージュとララを連れて早く逃げるんだ」

「旦那様は⁉」

「あれを止めないわけにはいかないだろう」

シラーは面倒くさそうな顔をしながら、フライパンを指差した。ですよね。このままじゃ、お城が燃えてしまう。

「殿下！」

カトリーヌが叫び声を上げる。見ると、ラヴォントが鏡を握り締めたまま、もう片手で鞄の中をまさぐっていた。

「早くこの場から離れましょう。今すぐ精霊具を手放してください！」

「その前に、この寝坊助どもを叩き起こすのが先だ！」

ラヴォントが鞄から透明な小瓶を取り出す。その中には、黒っぽい液体が入っていた。

「貴様ら、とっとと目を覚ませバカ者ぉ‼」

そう叫びながら、謎の液体を鏡にぶちまける。あれはいったい……まさか毒薬⁉

途端、鏡はラヴォントの手を離れ、天井まで飛び上がった。そして空中でぐるぐると横回転したり、床の上を這いずり回ったりと、奇行に走り出す。

明らかに苦しんでいる。その様子にドン引きしているのか、フライパンの炎が次第に小さくなっていく。

「もくもくさん、おきたの！」

「え、ほんと!?」

鏡に視線を戻せば、黄金のフレームが銀細工に変化し、鏡面も真っ黒に染まっていた。取っ手の白い核も、黒色に塗り潰されようとしている。

ラヴォントの荒療治が功を奏したのだろう。

そして次の瞬間、鏡の中から無数の黒い渦が飛び出した。視界が暗闇に飲まれて、何も見えなくなる。

ううん、それだけじゃない。音も匂いも奪われて、まるで何もない世界に放り込まれたような、底なしの恐怖に襲われる。

ネージュとララを守らなくちゃ……だけど怖くて怖くて、身が竦んで動けない。

頭の中まで真っ黒に塗り潰されていく。

あれ？　私、誰を守ろうとしていたんだっけ。

思い出さなくてもいいかな。このまま――

「……え？」

誰かが、私たちを守るように覆い被さった。その体の温かさに、ほんの少しだけ恐怖心が和らぐ。

「だんな……さま……？」

ううん、この人だけじゃない。薄ぼんやりしていた意識が、少しずつはっきりしていく。どうして私、あんなに怖がっていたんだろ。

じっと目を凝らすと、闇の中で赤い光が点滅しているのが見えた。右手を伸ばし、その光を握り締めるとほんのり温かい。

ん？　段々熱くなっていくような……ちょっと待って、アチャチャチャ!!

「……はっ！」

そこで私は飛び起きた。

「おかあさまーっ！」

「アンゼリカ、私たちが分かるか？」

「全然起きないから心配したのだぞ！」

泣きじゃくるネージュ、険しい表情のカトリーヌ、眉を八の字にしたラヴォントが私の顔を覗き込んでくる。なんだろう、やけに体が重く感じる。

「いったい何がありましたの……?」

「鏡の精霊具が暴走したんだ」

頭上から降ってきた声に顔を上げると、硬い表情をしたシラーが私を見下ろしていた。

「おお、そなたも目覚めたか」

宰相と近衛兵に支えられながら、陛下が歩み寄ってくる。

「おそらくラヴォントが無理矢理起こしたせいじゃな。闇の魔力に当てられて、危うく全員命を落とすところじゃった」

「す、すまぬ」

陛下にチラリと視線を向けられ、ラヴォントはしょんぼりと項垂れた。そんな絶体絶命のピンチになっていたとは……。

「じゃが、そなたと盟友のおかげで助かった。礼を言うぞ、ナイトレイ伯爵夫人」

「は、はい?」

「……君、何も覚えていないのか?」

シラーが怪訝そうに問いかけてくる。ふと自分の右手に視線を落とすと、いつの間にかフライパンを握り締めていた。

「火の精霊具を使って、鏡から溢《あふ》れ出した魔力そのものを焼き尽くしたんだ」

「魔力を……？」

全く記憶にございません。朦朧《もうろう》とする意識の中で、この子の気配を感じたのは覚えているけれど。私はフライパンをまじまじと見つめた。力を消耗し過ぎてしまったのか、いつもよりも核の光が弱々しい。暫く休ませてあげなくちゃ。

……って、ちょっと待った！

「ラ、ララは⁉」

私の肩の上にも、ネージュの頭の上にもいない。まさか闇の魔力もろとも焼き払った……？

フライパンも同じことを思ったのか、ぽたぽたと水滴を滴《したた》らせている。

「奥様！」

背後から懐かしい声が私を呼んだ。

この声は、まさか。弾かれたように振り返り、私は小さく息を呑んだ。

「……ララ？」

そこには、メイド服に身を包んだララが立っていた。

「はい、奥様！　さっきの鏡の魔力で、元の姿に戻れたみたいなんです！」

ララは嬉しそうに声を弾ませた。その目尻には光るものが浮かんでいる。

戻った。ララが人間に戻った！

込む。

私たちは大きく手を広げ、お互いへと駆け寄っていった。が、突如謎の白い煙がララを包み
「ララーーっ！」「奥様ーーっ！」

「……はい？」

ほどなくして煙は晴れたが、目の前にいたはずのララがいなくなっていた。何これ、イリュージョン？

「……チュ？」

そして足元から聞こえた小さな鳴き声。恐る恐る視線を落とすと、１匹のハムちゃんが呆然と立ち尽くしていた。なんで？

「ララ、ネズミさんにもどっちゃったの！」

しん、と静まり返った玉座の間に、ネージュの無邪気な声が響き渡る。

「だ、旦那様？　これは……」

私は現実を受け止めきれずにいた。

「……おそらく後遺症の一種だ」

なぜそこで医学用語が出てくる。

「長期間変化魔法が解かれずにいると、魂にまで大きな影響を及ぼすことがあるそうだ。それ

により、魂に引っ張られて肉体が変質してしまうらしい」

そんな話聞いてないっすよ、シラーさん。

「……おい愚弟。なぜ黙っていた」

青筋を立てながら、カトリーヌがシラーに詰め寄る。

「話したところで、どうしようもないだろう。それに、一時的なものだと魔導書にも書かれていた」

どうしようもないって、それはまあ、そうなんですけどね。せめて心の準備をさせてほしかった。

「旦那様、ララのこの様子を見てもそんなことが言えますの⁉」

「す、すまなかった」

ララは私の手のひらの上で、時が止まったかのように固まっていた。ツンツンと頭をつついても、微動だにしない。その姿を見て、シラーは小さな声で謝った。

「じ、事情はよく分からぬが、もう一度こやつの力を借りてみてはどうだろうか？」

気まずい空気が流れる中、ラヴォントは夢幻の鏡を私たちに見せた。

あ、真っ黒だった鏡の表面が元に戻ってる。それと、フレームの部分が金と銀が混ざり合ったようなデザインに変わっていて、ゴージャス度がアップ！

取っ手に埋め込まれている核も、数字の8を横に回転させたような形に変化していた。右側で白い核が、左側で黒い核がキラリと輝いている。

「精霊具が変質したのか……？」

シラーがぼそりと呟く。今、鏡の中で精霊たちはどうなっているのか、ネージュに聞いてもらいましょうか。

「えっとね、もくもくさんがぶわーってしちゃうから、ふわふわさんがくっついて、ぎゅーってて！」

ネージュは両手を大きく広げたかと思うと、体を丸めながらその場にしゃがみ込んだ。お遊戯大会を見ているようで可愛い。何を伝えようとしているのか、よく分からないけれど。

「再び精霊具の暴走が起こらないように、ふわふわさんとやらが闇の精霊と一体化して魔力を抑えている。……そういうことではないのか？」

カトリーヌがネージュの言葉を翻訳する。流石は一児の母、幼児語の理解度が高い。

「おそらくふわふわさんとは、光の精霊のことじゃ。光と闇は表裏一体。闇の魔力に対抗できるし、同調することも可能じゃろう」

陛下は鏡を覗き込みながら言った。その言葉に、私は目を瞬かせた。

「光の精霊？」

「うむ。変化魔法とは厳密には、光魔法の一種なのじゃ。人間には目視できぬ光の膜で対象を覆い、外見を変化させるのじゃよ。しかし光魔法を使える者全てが、変化魔法を使えるわけではない。非常に高等な技術を要する魔法なのじゃ」

それじゃあ、それをホイホイ使いこなしているシャルロッテってすごいのね。

「その代わり、反動も大きいがのぅ……」

陛下が小声で何かを呟いたけれど、よく聞こえなかった。

「それに今の闇の精霊には、ほとんど魔力は残っていないはずじゃ。フライパン同様、暫し休息が必要じゃろう」

うーん、ララには申し訳ないけど、やっぱり後遺症が消えるのを待つしかないようだ。

「変化の力も当分の間、使わん方がいいじゃろ。よいな、ラヴォント」

「しかし鏡で姿を変えなくては、図書館に入れません」

困ったような表情のラヴォントに、陛下はやれやれと首を横に振る。

「自分の手で変装すればいいだけの話じゃろ。あまり精霊具の力に頼るでないぞ」

「は、はい！」

祖父にたしなめられ、ラヴォントはピンと背筋を正した。何かとフライパンに頼りがちな私にとっても、耳の痛い話だ。うう、猛省。

「君は常に正しいことのために、精霊具の力を使っていると思うが」

私の心を見透かしたようにシラーが言う。彼なりに、私をフォローしているつもりなのだ。

「……ふふっ」

「なんで笑ってるんだ」

「いえ。……それと、先ほどはありがとうございました」

「なんの話だ？」

私の言葉にシラーは怪訝そうに眉を顰めた。

「真っ暗闇の中で、私たちを守ってくださっていたでしょう？　そのおかげで、不安だった気持ちが少しだけ楽になりましたの」

もしあそこで正気を取り戻していなければ、フライパンの気配にも気付けなかったと思う。

「……別に礼を言われるようなことじゃない」

シラーはそう言って、ぷいっと顔を逸らした。おっ、照れてる照れてる。

「でんかっ。ふわふわさんともくもくさん、しんじゃうの？」

「安心せよ。暫く宝物庫で眠り続けるだけだ」

「ほーもつこ？」

ネージュはこてんと首を傾げた。

「国宝や精霊具が保管されている部屋だ」

「せーれーさんたちのおうちなの！」

「ちょっと違う気が……まあいいか。ネージュ嬢よ、別れの前に挨拶をするといい」

「はーい！」

「うむ。いい返事だ」

ラヴォントはネージュへと顔を寄せ、一緒に映り込むように鏡を傾けた。

そしてその直後、

「うわぁぁぁっ⁉」

悲鳴を上げながら、鏡を勢いよく放り投げてしまった。

「で、殿下ーっ⁉」

近衛兵たちの絶叫が響き渡る。しかし床に落下する寸前で、鏡はぴたりと宙で止まった。というより、ふわふわと浮いている。

「………ギリギリだったな」

シラーは右手を前に出しながら、深くため息をついた。咄嗟に風魔法を使って、鏡の危機を救ったのだろう。はー、まだ心臓がバクバクいってる……。

「何をしとるんじゃ、バカ孫！」

流石に陛下がキレた。不注意で精霊具を壊しましたとか、洒落にならないもんね。

「申し訳ありません、お祖父様……！」

「まったく……いったい何があったのじゃ」

「か、鏡を覗き込んだら、ネージュ嬢の背後に幽霊が映っていたのです！」

「幽霊とな？」

顔を引き攣らせながら叫ぶラヴォントに、室内は再び騒然とする。

「それって、ネージュに幽霊が取り憑いているってことですの⁉」

愛《いと》しの娘の一大事に、私は顔面蒼白だ。

「わ、私にも分からぬ。だが、ネージュ嬢によく似ていたような……」

「……ネージュに似ている？」

ラヴォントの言葉に、真っ先に思い浮かんだのは、成長したネージュの姿。

全員の視線が、ネージュに集まる。当の本人は、「みんな、どうしたの？」と不思議そうな表情で私たちを見回している
「だ、だが、私の見間違いだったのかもしれんな。うむ、たぶんそうであろう！　そうに決まっている‼」

自分に言い聞かせるように、ラヴォントが強調して言う。お化けが苦手なのね……。

「……チュウ？」

我に返ったララが、何やらひくひくと鼻を動かしている。

そういえばさっきから変な匂いがする。香水の芳香とも、金属臭とも違う独特の匂いだ。ちょっと渋みがあるというか……。

「そういえば殿下、先ほど精霊具にかけていた液体はなんですか？」

「あれは父上が開発した秘薬だ」

カトリーヌの問いに答えながら、ラヴォントは空の小瓶を取り出した。

「蒸した豆や食塩、小麦を混ぜ合わせ、そこに精霊の素《もと》を加えて作ったものらしい」

「せ、精霊の素？」

馴染《なじ》みのない言葉に私は思わず聞き返した。『せいれいの素』と書かれた粉末パックが脳裏に浮かぶ。

「ワインやヨーグルトなどの発酵食品に多く含まれている物質だ。料理をする君なら、知っていると思っていたが」

シラーは少し意外そうな口調で言った。ところがどっこい、初めて知りました。要するに乳酸菌や酵母菌みたいなものかしら。だとすると、レグリス殿下の作った秘薬というのは……！

空の小瓶に熱視線を送っていると、ラヴォントと目が合った。

「なんだ、アンゼリカ夫人。そんなに興味があるなら、父上の研究室に行ってみるか？」

「えっ⁉」

その提案に驚いたのは私だけではなかった。「殿下、流石にそれは……」と宰相が難色を示している。そりゃそうよ。貴族であっても、王太子の研究室になんておいそれとは入れないもの。

「宰相の言う通りじゃ。あやつの珍妙な発明品を見られるなど、王家の恥じゃぞ」

心配するところ、そこなの⁉

「悪いことは言わん、アンゼリカ。時間の無駄になるからやめておけ」

カトリーヌまでもが、真顔で忠告してくる。

「な、なんてことを言うのだ！　父上だって、50回に一度くらいはまともな発明をするぞ！」

ラヴォントさん、それあんまりフォローになってない！

「…………」

そして私の肩を叩き、無言で首を振るシラー。みんなからの評判が最悪過ぎて、私の脳内に「辞退」の2文字が浮かんだ。

しかしここでラヴォント選手、まさかの禁じ手に打って出る。

「ネ、ネージュ嬢！　そなたは父上の研究に興味はないか？」

「けんきゅー？」

「うむ！　わけの分からん発明品がたくさんあって楽しいぞ！」

「ほんと？　みたいみたーいっ！」

「……とのことだぞ、アンゼリカ夫人！」

それはちょっとズルくない!?


さて、その翌日。

「ネージュを味方につける」という荒技を使われ、結局私はレグリスの研究室を訪れることになった。

ネージュとララを連れて、ラヴォントの案内の下、王城の敷地内を歩く。その途中で通りかかった庭園では、青紫色のライラックが美しく咲き誇っていた。

「研究室はあの塔の一番上だ！」

ラヴォントが指差したのは、西側にある四角錐《すい》の塔だった。結構デカい。

「父上は公務や執務の時以外は、いつも研究室にこもって、様々な発明品を作っているのだ」

「はつめーひんって、どんなのっ？」

ネージュがワクワクした表情で尋ねる。

「うむ。先日は、吹くとなぜか鳥が集まってくるオカリナを作り」

黄色と黒のちゃんちゃんこを着た男の子かな？

「その前は、頭を撫でるとゲラゲラと笑い出す人体模型を発明し」

七不思議で理科室の番人やってそう。

「ひと月前は、暗闇の中でもぼんやりと光って見えるインクを完成させたぞ！」

たまに実用性のある発明をしてる……。

「オカリナぴゅーってして、かぁかぁさんたちよぶの！」

ネージュの関心を引き付けたのは、鳥ホイホイのオカリナだった。これがシマエナガちゃんだったら、私も一票入れているんだけどな。

「チュウッ！　チュチュウッ！」

「ララ、どーしたの？」

ネージュの頭の上に乗っていたララが、突然塔に向かって鳴き出した。何かを感じ取ったのかもしれない。そしてその「何か」の正体は、すぐに分かった。

ドーンッという謎の爆発音のあと、塔の最上階の窓から炎と煙が吹き出したのである。軽く地面が揺れた。

「レ、レグリス殿下……！」

「案ずるな！　あの程度の爆発なら、10日に一度のペースで起こっている！」

何してらっしゃるんですか、王太子。というより無事なんですか、王太子。

騒ぎを聞きつけた巡回の兵士たちが集まってくる。誰かが「またか……」と呟いたのを私は聞き逃さなかった。

ん？　塔の中から悲鳴のような声が聞こえてくる。それからザァア、と洪水のような激しい水音。中で必死に消火活動が行われている……？

その悲鳴と水音は、なぜか次第にこちらへと近付いてくる。私はとりあえずネージュを抱き上げた。ララも真剣な表情で、前を見据えている。

「た、助けてくれっ！」

塔の入り口の扉が開かれ、白衣を着た人々が飛び出してきた。「父上の助手だ！」とラヴォントが叫んだ。

そして彼らを追いかけるようにして、真っ黒な濁流が塔の中から噴き出す。バキッと嫌な音を立てて扉が破壊された。

「ギャーッ！」

私は猛ダッシュで元来た道を駆け始めた。

「な、な、なんですの、アレ⁉」

「ち、父上が作り出した秘薬だ！」

風魔法でふわふわと空中を浮かびながら、ラヴォントが何度も後ろを振り返る。秘薬って言うから、鍋に一杯程度の量だと思っていたんだが⁉

「ネージュ、私にしっかり掴まってるのよ！」

「だめ！　おかあさま！　はしっちゃ、めっなの！」

激おこネージュさん⁉

「にんぎょさん、『いかないで』ってないてるの！」

「えっ」

娘の一言に、私はピタリと足を止めた。ラヴォントがぎょっと目を見開き、私の肩を強く揺さぶる。

「アンゼリカ夫人⁉　何をしているのだ！　早く逃げねば……」

「い、いえ。あの……」

この濁流を起こしている犯人が分かってしまい、私は脱力しかけていた。

ネージュが「にんぎょさん」と呼ぶ人物（？）は、一人しかいないわけで……。

その場で待っていると、黒い水に乗って見覚えのあるブツが、どんぶらこと流れてきた。液体を無限に生み出せる精霊具、水差し丸だ。

「にんぎょさーんっ！」

ネージュが満面の笑顔で大きく手を振る。途端、敷地内を覆い尽くしていた黒い水が一瞬で消え、水差し丸は私たちへと飛び込んできた。

「わーっ、ちょっと待って！　今、ネージュを抱っこしてるから両手が塞がってて……」

私の叫びが通じたのか、水差し丸は私たちの目の前でピタリと動きを止めた。青い光を帯びながら、宙にふわふわと浮かんでいる。

「み、水差しが宙に浮かんでいる……!?」

「あれも殿下の発明品なのか？」

「水差しを浮かせてどうすんだよ」

「いや、殿下なら面白そうって理由で浮かせると思う」

兵士たちがざわついている。まさかこれが精霊具だなんて、思わないでしょうしね。

「久しぶりね。元気にしてた？」

雨爪病特効薬の製造器として、エクラタン城で大活躍していた水差し丸。まさかこんな形で再会するとは思わなかった。

……というより、すっかり忘れてた。ほんと、マジごめん。あれだけ寂しがっていたフライパンも、最近はハムちゃんになったララと遊んでたし。

自分が忘れ去られていたとは露知らず、水差し丸が嬉しそうに体を上下に揺らしていた。めっちゃ早くて残像が見える。

そして中に入っている黒い液体も、ちゃぷちゃぷと揺れている。

ん？　ちょっと待って。

「あ、あなた、その黒いのって……」

「にんぎょさん、えらいひとといっしょにいたって！」

「偉いひ……ブフォッ」

勢い余った水差し丸に、液体を顔面にぶっかけられた。ラヴォントが「夫人!!」と引き攣った声を上げた。

「だ、大丈夫ですわ、殿下」

だけど驚いた拍子に、液体が少し口の中に入ってしまった。

滅茶苦茶しょっぱい。だけど生命の危機を感じるような味ではない。むしろ、どこか懐かしさを感じる味で……。

「その水差しは危険です！　こちらにお渡しください！」

白衣の人々が、慌ただしくこちらに駆け寄ってくる。しかしそれを追い払うかのように、水差し丸は再び液体を大量に吐き出した。迫りくる黒い波に、彼らの表情が凍り付く。

その時、一陣の風が吹いた。

「うわぁぁ……ってあれ？」

液体から逃げようとしていた彼らの体が、ふわりと宙に浮かび上がる。

「やめよ、精霊具。その者たちは、私の大切な部下なのだ」

頭上から降ってくる凛とした声。上空を見上げると、白衣姿の美丈夫が地上を見下ろしていた。そして私と目が合うなり、ニヤリと口角を上げた。

「銀色の髪に、ミントグリーンの瞳……なるほど、そなたがナイトレイ伯爵夫人か」

ぽかんと口を開ける私の横で、ラヴォントが表情を輝かせる。

「父上っ！」

父上ってことは、あの人が……。

「レグリス……王太子殿下？」

その名を口にすると、男は大きく頷いて私の目の前に降り立った。

「いかにも。我こそはエクラタン王国第一王子、レグリス。妻子ともども、よろしく頼む」

「お、お初にお目にかかります。私はナイトレイ伯爵夫人、アンゼリカと申します」

この人がレグリス……未来のエクラタン国王……！

「そなたの話は、父と我が友より聞いていたぞ。悪食伯爵の妻にして、稀代の精霊具ハンターよ！」

なんですか、その珍獣ハンターみたいな異名は。

「そなたは、２つの精霊具を発見した女性。精霊の母と呼んでも過言ではなかろう」

「は、はぁ」

それは、ちょっと過言だと思う。ほら、水差し丸も「それはないっす」って左右に揺れてるし。

「おかあさま、ネジュのおかあさまじゃない……？」

私のドレスの裾をぎゅっと掴みながら、ネージュが不安そうに聞いてくる。レグリスは穏やかに微笑み、「そんなことはないぞ」とネージュの頭をぽんと叩いた。

「ナイトレイ伯爵夫人は、れっきとしたそなたの母親だ。いらぬ心配をさせてしまったことを謝罪しよう」

「まったく。たまに余計なことを言うのは、父上の悪いくせだ」

「息子に指摘されると、この我でも少し傷付く」

……マジラブの王様って、こんな人だっけ？

私は目をぱちくりさせながら、レグリスをじっと凝視する。

透き通るような銀色の髪と、ラベンダー色の双眸。そして成長後のラヴォントによく似た顔立ち。

うん、誰がどう見ても親子だわ。疑いようがない。だけど、私が知っているエクラタン国王と全然違う。

「水の精霊具よ。先ほどは怯えさせてすまなかったな」

その言葉に、水差し丸はようやく放水を止めた。

「……いったい何がありましたの？」

「殿下が精霊具のすぐ傍で、うっかり爆薬を引火させてしまいまして」

「よーしよしよし、いい子だな」

透明なボディを、犬猫のようにわしわしと撫でるレグリス。よほど気を許しているのか、水差し丸もされるがままだ。初めてシラーに会った時は、容赦なく水鉄砲を連射していたというのに。

「あの……一つよろしいでしょうか殿下？」

「うむ。我に何か質問か？」

「水差しま……そちらの精霊具は、ずっと殿下がお持ちだったのですか？」

私は素朴な疑問を口にした。

「いかにも。本当は雨爪病の件が片付き次第、早急にナイトレイ伯爵家に返却する予定だったのだが、ある問題が発生したのだ」

レグリス王太子が額に手を当てて、首を横に振る。私はごくりと息を呑んだ。

「あ、ある問題ですか……？」

「我の好奇心が爆発してしまった」

「………はい？」

「無尽蔵に水を生み出すだけではなく、雨爪病の特効薬をも精製する精霊具。地味ながら規格外の能力だ。——だが、それだけなのか？　いや、こやつのポテンシャルはこんなものではないはずだ。ということで、少しじっけ……ゴホン、我の研究に協力してもらっていた！」

今実験って言おうとしたな。陛下が仰っていた「色んな意味でバカ」の意味がだんだん分かってきた。

「そなた、ナイトレイ伯爵家の子だったのか……」

ラヴォントが水差し丸を労るように撫でる。

「その結果、この水差しの中に食品などを入れると、通常なら数カ月ほど要する発酵、熟成期間を、たった数日に短縮できることが分かった」

「す、数日……！」

一見地味だけど、すごい能力だわ。ワインなんて作り放題じゃないの！

「そして精霊具の協力の元、完成したのがこの秘薬だ」

レグリスは誇らしそうに水差し丸を掲げた。中の液体がちゃぷんっと跳ねる。

「主原料は食塩と小麦。それからノワ豆という黒い豆だ。このノワ豆というのは栄養が多く含まれている半面、皮が厚く渋みも強いため、食材には向いていない。そこで我は、調味料に加工することを思い付いた。そして前述した材料の他に、精霊の素を加える製法を編み出したのだ。それにより、ノワ豆特有の渋みを抑えるだけでなく、独特の旨味を引き出すことに成功した。しかも、優れた静菌作用も持っている。これぞ、まさに秘薬！」

一気に捲し立てられ、私は「あ、はい」と頷くことしかできなかった。というより、早口過ぎて最後の「まさに秘薬！」の部分しか聞き取れなかった。

「……よく分からんが、秘薬だそうだ。きっとすごい効能があるのだろう」

ラヴォントは親指を立てながら言った。あなたさっき、夢幻の鏡にぶっかけてたわね。

それはさておき。

「レ、レグリス殿下。もしよろしければ、一口味見をさせていただいても……？」

「構わぬぞ。しかし先ほども説明した通り、独特の風味を持っていてな。部下たちには不評で少し悲しい」

「いえ、是非とも賞味させていただきますわ！」

私は手のひらに液体を少量垂らすよう、水差し丸に頼んだ。そしてそれをぺろりと舐《な》めてみる。

……確かにしょっぱい。けれど塩気の奥に、独特の風味が隠れている。私はこの味をよく知っている！

「しょ……」

体を小刻みに震わせる私に、ネージュが「しょ？」と首を傾げる。

「醤油だわ〜〜〜〜っ!!」

歓喜のあまり、私は人目をはばからずに叫んだ。

この世界に来てからというもの、洋食三昧の毎日。こうして和風の味に触れるのは、前世以来となる。ああ、洋食漬けの体に醤油のしょっぱさが染み渡る……っ！

「うぅっ、うぅぅ……っ！」

「ふ、夫人！　泣くほどマズかったのか？」

感極まって涙を流す私に、ラヴォントが心配そうに声をかけてくる。

「そうではありませんの。とても素晴らしい……故郷を思い出す味ですわ……っ」

「む？　ルミノ男爵領には、同じような調味料があるのか？」

私の言葉に、レグリスがすかさず反応した。まずい。感動のあまり、つい口を滑らせてしまった。

「なんという名前だ？　どんな味だった？　色や匂いは？　原料には何が使われている？」

目を見開きながらにじり寄ってくる。怖い怖い、マッドサイエンティスト怖い！

「おかあさまいじめちゃ、めっなの！」

ぷっくりと頬を膨らませたネージュが、レグリスの前で大きく両手を広げる。するとレグリスは、ピタリと動きを止めた。

「……この我も幼い少女には逆らえぬ。ここは引き下がるとしよう」

「そうだぞ、父上。アンゼリカ夫人をいじめたら、ナイトレイ伯爵とプレアディス公爵が飛んでくるぞ！」

「そういえば、あの2人も登城していたか。たまには研究室に顔を見せに……いや、研究室は我が爆発させたから、当分入れないか。はっはっは」

この人ほど、バカと天才は紙一重という言葉が似合う逸材もいないと思う。

「旦那様たちが王都に戻りましたら、殿下がお会いしたがっているとお伝えしておきますわ」

「……何？　炎熱公爵はともかく、ナイトレイ伯爵は妻子を放ってどこをほっつき歩いているのだ。あの朴念仁《ぼくねんじん》め」

レグリスが不愉快そうに眉を顰めるので、私は「マ、マティス伯爵領ですわ、マティス伯爵領！」と慌てて付け加えた。

「マティス……うむ、あのやらかし貴族のところか。反乱自体はとっくに鎮圧されたと聞いていたが……何かあったのか？」

「いえ、ただの視察と仰っていましたわ」

「……あやつら、この件にかかりきりではないのか？　他の者たちはどうしたのだ」

それについては、陛下や宰相も申し訳なく思っていると仰っていた。なんでも、多くの貴族が匙《さじ》を投げちゃっているらしいのだ。まともに動いているのは、シラーやカトリーヌを除けば、ごく一部だけだという。

「まったく……確かに今回の一件は、マティス伯爵の自業自得によるところが大きい。しかし貴族にとっては、決して他人事ではない問題だ。皆が一丸となり、解決せねばならぬというのに、あやつらばかりに任せるとは」

「レグリス殿下……」

「そのせいで、我の研究室に全然来てくれぬではないか！」

それはたぶん、違うと思いますわよ殿下。

とはいえ、私もあの2人にはゆっくり休んでもらいたいと思ってる。ネージュだけじゃなくて、メテオールもきっと寂しがっているだろうし。

「だがまあ他の連中の気持ちは、分からなくもない。時期的にも、そろそろ湧いてくる頃だからな。面倒ごとは避けたいのだろう」

「あの、湧いてくるというのは……？」

レグリスの言葉に、私は言いようのない不安を覚える。

そしてこの時、マティス伯爵領では大変なことが起こっていた。

◆◇◆◇◆

(カトリーヌ視点)

本来、領境《りょうざかい》には検問所が設置されているが、反乱の際に取り壊され、今はその残骸が残るのみだ。そのまま放置しておくわけにもいかないので、現在は王都から派遣された軍が配備されている。

「プレアディス公爵殿、ナイトレイ伯爵殿。お待ちしておりました」

私たちが馬車から降りると、指揮官が歩み寄ってきた。その背後には、一兵卒《いっぺいそつ》がずらりと整列している。王都軍、めっちゃ強そう。うちの炎熱騎士団も、このぐらい増強できんかな。

「領民の様子はどうだ。再び暴動が起こる兆しは？」

「それは問題ありません。マティス伯爵一家と騎士団を追い出すことができて、清々《せいせい》しているみたいですね。ただ……」

指揮官はそこで一旦言葉を切り、東の方角へ目を向けた。

「マティス騎士団の兵舎の近辺に、わんさか湧き出しました」

何が、とは聞かなくても分かる。予想通りの展開に、私は弟と目線を合わせた。

どういった原理なのかは分からないが、多くの血が流れた場所には魔物が湧いて出てくる。それが人を襲い、時には喰らうことで、再び血が流れる。そして新たな魔物が発生する。この負のサイクルによって、彼らは無限に増殖していく。

それを見越しての視察だ。いざとなったら、私たちが対応しなければならない。

「ククク……魔物の１００匹や２００匹、私と弟で纏めて塵にしてやろう」

「「ヒッ」」

なぜか兵士たちが突然怯えだした。まさか魔物が現れたのか？　ど、どこどこ⁉　まだ心の準備ができていないのだが！

「……姉上、顔が怖いぞ」

シラーに指摘されて、はっと我に返る。緊張するとつい顔が強張っちゃうんだよな。だけど魔物退治なんて怖いに決まってるじゃん。お前はどうしてそんなに平静でいられるんだよ！

「た、頼もしいお言葉ありがとうございます。ですが、ご安心ください。魔物の群れは、既に我々が全て討伐済みです！」

「そうか、ご苦労」

よっしゃ〜〜〜っ‼　王国軍グッジョブ！　早く帰ろう、今すぐ帰ろう。可愛い義妹と姪、そして最愛の息子が私を待っている。

「しかし……少し困った事態になっていまして。お2人の力をお借りできないでしょうか」

「どういうことだ」

私が促すと、指揮官は渋い表情で続きを語った。

「兵舎の中に逃げ込んだ領民たちがバリケードを作って、魔物の侵入を防いでいたらしいのですがね。どうも内側から出られなくなってしまったそうなんですよ」

マティス伯爵領は、エクラタン王国でも有数の広さを誇る領地だ。葡萄《ぶどう》の栽培が盛んで、上質なワインの生産地でもあった。他にも様々な作物を産出し、他国からの評価も高かった。

しかし反乱の時に多くの家屋や田畑が焼き払われ、今は荒れ果てた大地が広がるばかりだ。復興には、途方もない時間を要するだろう。

ずっと外の景色を眺めていると、気が滅入ってしまう。私は向かい側に座っている弟に目を向けた。

シラーは瞼を閉じながら、腕を組んでいた。腕をつついてみるが、反応がない。随分と深く寝入っているようだ。

お互い領主としての仕事に加え、こういった面倒ごとも任されてクタクタだ。兵舎に到着するまで、私も一眠りしよう。

「う……っ、あぁ……」

瞼を下ろそうとしたところで、小さな呻《うめ》き声が聞こえてきた。

「ぐっ、うぅ……うぅぅ……っ！」

瞼を固く閉じ、苦しそうにかぶりを振っている。そしてある人物の名を口にした。

「やめて、くれ……ジョアン、ナ……」

「シラー！　起きろ！」

私が肩を強く揺さぶると、シラーは驚いたように瞼を開いた。呼吸を乱しながら、私を真っ直ぐ見つめている。

「……魘《うな》されていたぞ。大丈夫か？」

「あ、ああ……起こしてくれてありがとう姉上」

まだ意識が混濁しているのか、珍しく素直に礼を言われた。

車内を仄暗《ほのぐら》い沈黙が包み込む。窓の向こうに広がる荒野を眺めながら、私はかつての義妹の顔を思い浮かべていた。

とある伯爵家の娘だった。親同士が決めた婚約で、あまり乗り気ではないシラーとは対照的に、「憧れのシラー様と結婚なんて！」とはしゃいでいた。

結婚してからはいつもシラーにべったりで、夫人同士のお茶会では自慢話をして他の夫人たちの反感を買っていたと聞く。

周囲に妬まれようが、ジョアンナは気にしていなかった。シラーに愛され、可愛い我が子たちに囲まれる未来を夢見ていた。

自分が子供を産めない体だと知る時までは。

◆◇◆◇◆

数時間ほどでマティス騎士団の兵舎へ到着した。

そして指揮官の言っていた「バリケード」がどういったものなのか、一目で分かった。

建物全体が巨大な石のドームで覆われている。

「……これは魔法によるものか？」

試しに石の表面を叩いてみると、コン、コンと軽い音が返ってきた。

「姉上、壊せそうか？」

「音を聞く限りでは、強度はさほどなさそうだ。この程度なら、私一人でなんとかなる」

ドームから距離を取り、私はゆっくりと瞼を閉じた。体内を巡る魔力を右手に集束させていき、炎の槍を作り出す。

そしてドーム目掛けて、高速で射出した。

「……なんだと？」

効果は皆無《かいむ》に等しかった。表面をほんの僅かに削った程度。私の炎の槍は、鉄だろうと鋼《はがね》だろうと貫くというのに……。

「私はもうオワリーヌ」

「こんなところで膝を抱えないでくれ姉上」

後ろから優しく肩を叩かれた。慰めなんざいらないんだよ、弟。

「おそらく魔力で石の表面をコーティングして、耐久性を高めているんだ。そう簡単に壊せるものじゃない」

そう言いながら、シラーは側に落ちていた木の枝を拾って、地面に大きな円を描いた。その中にも、何やら描き込んでいく。え、こいつ何やってんの？

「何を描いている。こんな時に遊んでいるのか？」

「遊んではいない。陣を作っているんだ」

大きい丸の中に、次々と書き綴られていく謎の記号や文字。陣とやらが完成したのか、シラーは木の枝を適当な場所に投げ捨てた。

身を屈めて円の中心に手のひらを押し当てると、陣が青白く光り始めた。

強烈な冷気を伴った風が光の陣の中から吹き上げ、瞬く間にドーム全体を氷漬けにする。そしてシラーが陣から手を離した瞬間、建物を覆い隠していた石の殻は、砂糖菓子のようにもろく砕け散った。

そしてようやく兵舎が姿を現した。石造りの丈夫な建物だ。

「姉上、中に入ろう」

あれほどの強力な魔法を使ったというのに、シラーに疲労の色は見られない。

本来であれば、高位貴族であっても扱える魔法の属性は、一人一つだけ。

しかしシラーは、多くの属性魔法を使いこなしている。そして尋常ではない魔力量。

私はたまに、弟は人間ではない、別の『何か』ではないかと思う時がある。

舎内は不気味な静寂に包まれていた。2人で気配を殺しながら、慎重に奥へと進んでいく。

こ、こえ～～っ！　私マジ暗闇苦手なんだってば！

小さな物音が聞こえてきたのは、仮眠室の中からだった。

「私が調べる。お前は他を回れ」

「分かった」

仮眠室を覗くと、マッチのうすぼんやりとした灯りが見えた。ちょうど食事中なのか、微《かす》かに咀嚼音が聞こえてくる。

私は手のひらに火の玉を出し、室内へと踏み込んだ。

「「ギャーッ！」」

部屋の隅にいたのは、5、6歳の子供たちだった。身なりからして平民の子だろうか。私が近付こうとすると、なぜか悲鳴を上げられてしまった。

「おまえっ、あいつらのなかまだろ！　もうだまされないぞっ！」

「……あいつら？」

ちょっと待て、まさか私が魔物に見えるのか？　そりゃ弟だけじゃなく、部下からも「顔が怖い」とよく言われるけど、流石の炎熱公爵だってハートブロークンだよ⁉

「……待って！　この女の人、顔に火傷がある。きっとプレアディス公爵様だ！」

一人の子供が私の前に飛び出してきた。年齢は7、8歳だろうか。大きな鳶色《とびいろ》の瞳が、私をじっと見上げている。

「こーしゃくさま？」

「とっても強くて優しい人だよ。僕たちを助けに来てくれたんだ！」

「う、うん。ロンがそう言うなら、そうだよね！」

このロンという少年が、彼らのまとめ役なのだろう。子供たちの言葉や表情から、ロンへの強い信頼が窺える。

「姉上、他の部屋には誰もいなかっ……子供？」

シラーは子供たちを見るなり、眉を寄せた。おいやめろ、その顔。子供たちが怖がってるぞ。

「あれは私の弟だ。心配いらないぞ」

「こーしゃくさまの、おとうと？」

「ほんとだ！　どっちもかおこわい！」

「でも、かっこいーね！」

騒ぐ子供たちを連れて仮眠室を出る。……が、一人足りない。ロンがまだ部屋に残っている。

「ロン！　はやくいこーよー！」

「……僕は行かない。ここに残る」

ロンはふるふると首を横に振った。その寂しげな姿に、子供たちは困ったように顔を見合わせる。

するとシラーが仮眠室に戻っていき、ロンをひょいっと抱き上げた。

「あっ、あのっ、僕……！」

「君をここに置いて行くわけにはいかない」

「でも僕、何日もお風呂入ってないから汚くて……」

「そんなの気にしないよ」

さらりと切り返し、すたすたと廊下を歩いていく。強引なやり方だが、手っ取り早い方法ではある。

私も他の子供たちを連れて、そのあとを追いかける。

いくつか気になることがあるが、それを調べるのはあとだ。

4章　兵舎と子供と林檎

お城のごはんは美味しい。もちろん伯爵邸の料理人たちが作るメニューも絶品だけれど、国内随一の料理番が作るフルコースはレベルが違う。

今夜のメインディッシュは、牛ヒレのステーキだ。ナイフを軽く入れただけで、すっと切れてしまうくらい肉質が柔らかい。

口に含んで噛み締めれば、じゅわっと溢れ出す肉汁と濃厚な旨味《うまみ》。少し酸味のあるワインソースとも相性ぴったり。付け合わせの人参《にんじん》のグラッセとアスパラガスのソテーも、美味しくいただく。

「ナイトレイ伯爵夫人、お味はいかがでしょうか？」

料理長が味の感想を求めてくる。

「私、もうここの子になりますわ」

「はい？」

あ、すみません。今のなしで。

「……コホン。本日の料理も、素晴らしいお味ですわ。特にこちらのステーキ。絶妙な焼き加減やソースの味付けによって、お肉の美味しさが限界まで引き出されていますわね」

軽く咳払いをして、長文のコメントを述べる。ふふん、伊達に貴族ライフを送っていないわよ。

「にんじんさん、もぐもぐ」

ネージュはお肉そっちのけで、グラッセに夢中になっていた。お肉より野菜が好きな子だものね。

「チューッ」

ネージュの傍らでは、ララが南瓜の種をカリカリと齧っている。一人だけお肉に大興奮してるのが、なんだか恥ずかしくなってきた。

食事を終えると、デザートが運ばれてきた。透明な器に盛りつけられた白桃のシャーベットだ。すっきりとした甘さが、口の中をさっぱりさせてくれる。

「今晩もとっても素晴らしい食事でしたわ。ありがとうございます」

シャーベットも綺麗に完食し、私は感謝の言葉を述べた。

「そう仰っていただけると、料理人冥利に尽きます。ですが……」

料理長は嬉しそうに微笑んだかと思うと、なぜか表情を硬くした。

「単刀直入にお伺いします。私の料理に何か足りないものはございますか？」

私は今夜のメニューを思い返す。料理の味付けはもちろん、栄養バランスもしっかりと考えられた食事だった。これでケチなんて付けたら、罰が当たると思う。

「そんなのありませんわ。ねぇ、ネージュ？」

「おいしかったのーっ！」

ネージュは目をキラキラと輝かせながら返事をした。

「……そうでございますか」

ありゃ、なんだか微妙な反応をされてしまった。ダメ出ししてほしかったのかな。

「う、うぅ……ぐずっ」

あれっ、泣いてる？

「私、何か失礼なことを言ってしまいました？」

「いいえ、ただ嬉しくて……実はここ数年、リラ殿下からお褒《ほ》めの言葉を賜《たまわ》ったことがないのです」

そうなの!?

「それどころかお食事も、ほとんど召し上がらなくなりまして……あれほどお好きだったビーフシチューも、『獣臭い』と一切口になさらなくなりました」

「なんてことを……！」

まさかビーフシチューが嫌いな人間が、この世に存在するとは。

「でしたらリラ殿下は、普段何を召し上がっていますの？」

「豆類や根菜が入った麦粥やサラダ、フルーツなどを好まれております。体調を崩されているご様子もないので、ずっとそんな食生活を続けられていらっしゃいますが……」

それってつまり。

「リラ殿下は、ベジタリアンじゃありませんの？」

「ベジ……？」

料理長が訝しそうに聞き返してくる。

この世界にベジタリアンという言葉はないのか。

だけど、リラって普通にお肉食べてなかったっけ。特に血が滴るような赤身のステーキが好物だった気がする。ラヴォントの婚約者の暗殺を企てるシーンで、美味しそうに食べてたし。

まあ、何もかもゲームの世界と同じってわけではないのかな。

それに偏食の度合いなら、うちの旦那の方がレベルが高いと思う。

おそらく、他人の料理が食べられない体質なのだ。だから人前ではほとんど食事を摂らないし、兵舎の献立のチェックもカトリーヌに任せている。

デリケートな問題だと思うし、特に詮索するつもりはないけれど。

「チュッ」

ララがぴくんっと耳を立てて立ち上がる。その直後、ドアをノックする音が聞こえた。

「失礼する」

「おとうさまっ」

シラーを見るなり、ネージュがぴょんっと椅子から飛び降りた。

「ただいま、ネージュ」

「おとうさま、おかえりなのーっ！」

満面の笑みで駆け寄っていくネージュ。シラーもその場にしゃがみ込み、両手を広げて娘を抱き留めようとする。

「気持ちは分かるが、着替えてからにしろ」

カトリーヌが両者の間に割り込み、２人の抱擁《ほうよう》を妨害した。シラーがすごい顔で睨んでいるが、知らんぷりだ。

確かによく見ると、２人とも土埃で汚れている。……数日前からマティス伯爵領に行ってたのよね？

「貴殿がこの城の料理長だな？」

「えっ？　あ、はいっ！」

突然カトリーヌに呼ばれ、料理長は背筋をピンと伸ばした。

「早急に頼みたいことがある。城内の料理人たちを招集してくれ」

「か、かしこまりました！」

料理長が慌ただしく部屋を飛び出していった。それを追いかけるように、カトリーヌも部屋をあとにする。

そして入れ替わるような形で、小さな子供たちがわらわらと部屋の中に入ってきた。だ、誰この子たち!?

「あっ、こら！　ここには入るなと言ったろう！」

「君たちの部屋はあっちだ、あっち！」

「ナイトレイ伯爵夫人、大変失礼いたしました！」

兵士たちがペコペコと頭を下げながら、彼らを廊下に連れ出していき、最後の一人がいなくなったところで、ドアが閉められた。

「旦那様、今の子たちは……」

「マティス騎士団の兵舎に避難していた子供たちだ。一時保護することになった」

「おしろにすむの？」

シラーの言葉に、ネージュがどこかワクワクした様子で尋ねる。お友達ができる！　と思っているのかもしれない。

「ああ、もし見かけたら仲良くしてやってくれないか？」

「うんっ！」

この様子だと、自分からあの子たちに会いに行きそうね。

だけど騎士団の兵舎にいたというのが、少し引っかかる。

「旦那様、どなたか大人はいませんでしたの？」

「いや、舎内をくまなく探してみたが、彼らしかいなかった。何か気になることでもあるのか」

「確かあの兵舎は、人里から離れた場所にあったと思いますわ。市街地から馬車を使っても、2時間はかかる距離ですもの。あんな小さな子たちだけで辿り着けるとは、ちょっと考えにくいですわ」

私が疑問を呈すると、シラーは哀れむような眼差しを向けてきた。

「そういえば君、以前あそこで働いていたな……」

ええ、馬車馬の如《ごと》く働かされた挙げ句、横領の濡れ衣を着せられましたわよ。

シラーからあの子たちについて詳しい説明がされたのは、ネージュが眠りに就いたあと。

その時点で、幼児には聞かせられない話だと予想はしていた。

マティス伯爵領で民衆による反乱が起きている最中に、その各地で子供が攫われる事件が多発していたらしい。犯人は他の領地からやって来た奴隷商。

そして先ほどの子供たちが、その被害者ということだった。彼らは2週間もの間、謎のドームに囲まれた兵舎で過ごしていたという。

「そんな大変な時に、子供を攫うなんて……とんでもない奴らですわ！」

怒りのあまり、私はテーブルに拳を叩きつけた。カップに入っていた紅茶が少しだけ零れてしまった。あつっ！

「そんな大変な時だからこそ、攫うんだ。ああいう連中は、動乱に乗じて商品の仕入れをすることが多いんだよ」

「旦那様。もし犯人が捕まりましたら、是非面会させてくださいまし」

「別にいいが、どうするつもりだ？」

「そいつらの顔をひっぱたいてやりますわ」

拳を握り締めながら宣言すると、シラーからは小さなため息が返ってきた。

「君の気持ちはよく分かった。だがその願いは叶いそうにないな」

「え？　どういうことですの？」

「兵舎の近くで、魔物に喰い散らかされた男性たちの遺体が発見された。おそらく、その奴隷商で間違いないだろう」

「……はい？」

怒りと興奮が一瞬で鎮まった。何か今、すごく物騒なワードが出てきませんでした？

「子供たちの証言によると、奴らは騎士団の兵舎を根城にしようとしていたらしい。だが馬車で兵舎に向かっている最中に、魔物の襲撃を受けたそうだ。荷台に載せられていた子供たちは、何とか逃げ延びたが……」

「もういいですわ」

「先ほど君は顔をひっぱたくと言っていたが、全員頭部をもがれていたらしい」

「だからもういいって言ってますわよね!?　そんなグロ情報いりませんわ！」

私は腕をクロスして猛抗議した。あーもー、ちょっと想像しちゃったじゃない。

だけど、これで子供たちがあんな場所にいた謎が解けた。あの子たちにとっては、魔物が襲ってきてラッキー……と言えなくもない、のかしら？

「子供たちは兵舎に避難したあと、備蓄されていた保存食を食べて過ごしていたそうだ。水も地下の井戸から汲んでいたと言っていた」

「地下の？」

「彼らの中に、兵舎の設備に詳しい子供がいたんだ。その子が保存食の在処《ありか》や、地下井戸の場所を覚えていたらしい」

地下に井戸があるなんて初耳だ。そこまで設備に詳しいということは、騎士団の身内だろうか。それも結構上の階級の。

あ、それともう一つ疑問がある。

「ですけど、例のバリケードは誰が作りましたの？」

話を聞く限り、間違いなく魔法によって築かれたものだ。つまりあの場に、高位貴族がいたということになる。

「それについては不明のままだ。子供たちもいつの間にかできていたと証言している」

バリケードを作るだけ作って、どこかに行ってしまったのかしら。ちょっと無責任なのでは？

「私だ。入るぞ」

ドアを数回ノックしたあと、カトリーヌが部屋に入ってきた。眉間に皺を寄せている。先ほど城内の料理人を集めていたが、何かあったのだろうか。

「アンゼリカ」

「ヒッ」

カトリーヌに両肩をガシッと掴まれた。思わず引き攣った声が漏れた。

「ハンバーグ、グラタン、オムレツ」

カトリーヌは料理名をポンポン挙げ、最後に「お前はどう思う？」と聞いてきた。

「うーん……どれも美味しそうですわよね。それから、子供が喜ぶメニューだと思いますわ」

「料理人たちもそう考えて作ったのだが、なぜか皆ほとんど口をつけようとしないのだ」

あの子たちのごはんだったのね。でも全然食べてくれないのか……。

「たぶん、緊張してるのだと思います」

「どういうことだ？」

「ええ。突然お城でごはんを食べることになって、ストレスで食欲がなくなってしまったのかもしれませんわ。私もお城での食事の時、初めはすごく緊張しましたし」

「緊張で……食欲がなくなる……？」

カトリーヌがものすごく不思議そうに聞いてる。世の中には鋼メンタルの猛者《もさ》もいるけど、カトリーヌもそういうタイプなのかしら。そもそもこの義姉って、今までに緊張したことあるの……？

「姉上は緊張すると、逆に食欲が増すタイプだからな」

シラーがぼそりと呟く。そういう人には見えないから、ちょっと意外だわ。

「で、ですから、まずは緊張をほぐしてあげることが大事だと思いますの」

「……アンゼリカ、何か妙案はないか」

鬼のような形相で睨みつけられる。そ、そんなこと急に言われましても！

食事そのものにトラウマを抱えていたネージュとは異なるケースだ。私の頭の中のグーグル先生も、白旗を上げている。

子供たちの緊張をほぐす方法か……。

「……伏せろアンゼリカ！」

突如シラーが叫んだ。その直後、私の後頭部を強烈な痛みと衝撃が襲った。

「あだっ⁉」

ズキズキと痛む頭を押さえながら振り向くと、我が家のフライパンがふわふわと浮かんでいた。ゆっくり休ませたおかげで、完全復活してる。

ところで、なんで私殴《なぐ》られたの？　ついにうちの精霊具にも、反抗期が来てしまったのか⁉

突然の暴力にショックを受ける私に向かって、フライパンは赤い核をピカピカと点滅させた。

「……どうしたの？」

核どころかフライパン全体を真っ赤に光らせながら、私に体を押し付けてくる。まるで何かをアピールしているような。その姿を見て、ふと閃《ひらめ》いた。

「……そうだわ！」

一筋の光明が私の脳裏に差し込む。上手くいくか分からないけれど、試してみる価値はあるでしょ！

意図が伝わったことを喜んでいるのか、フライパンを纏う光が赤々と燃え上がる炎と化す。アチチチ、焼き殺す気か。

必要な材料は、厨房で揃えることができた。不測の事態に備えて、お城では常に大量の食材を備蓄しているとのこと。それらをワゴンに載せ、相方のフライパンを伴って、いざ出陣！

「ナイトレイ伯爵夫人、どうかご武運を……！」

「朗報をお待ちしております！」

料理人たちに激励されながら、厨房をあとにする。子供たちには、普段は兵士や使用人が利用している食堂に集まってもらった。

「みんな、初めまして。私はアンゼリカと申します」

「ネジュなのっ！」

「チューーッ！」

ネージュとララは私のアシスタントだ。みんな、「ネズミだ！」、「ネズミさんがおててふってる！」と興味津々なご様子。よっしゃ、掴みはＯＫ。やっぱり子供の気を引くなら、可愛い動物に限る！

「今日はみんなのために、美味しいご飯を作りに来たの！」

「「え？」」

子供たちが不思議そうに銀色のワゴンへ視線を向ける。あらかじめ厨房で切っておいた野菜やお肉、殻に入ったままの卵。それから各種調味料に油。主食は焼きたてのパンと、ジャムも用意している。

「ここでおりょーりつくるの？」

「どうやって⁉」

「それは見てのお楽しみ。ネージュ、お願い！」

「はいなの！」

まずは、ネージュに手渡されたボウルに卵を割り入れ、塩、砂糖を入れて混ぜ合わせる。

そして、ここで主役のご登場。

私がフライパンを高らかに掲げると、裏面がボッと燃え上がった。お馴染み、大気圏突入。

突然発火したフライパンに、子供たちがざわつく。

「すごい、すごーいっ！　フライパンがもえてる！」

「おねえさん、まほーがつかえるの⁉」

予想通り、いや予想以上の反応に、私もテンションが上がってきた。油を引いたフライパンに、卵液を流し込む。子供たちの注目が集まる中、卵液が固まり始めたら、くる、くるとフライ返しで折り畳んでいく。

そして一口サイズに切り分け、お皿に盛ったら卵焼きの出来上がりっ！

「うわぁぁー……っ！」

「ぼく、これしってる！　おうさまがだいすきなりょーりなんだよ！」

卵焼き、この国で一番有名な料理になってない？

「はい、どーぞ！」

ネージュがみんなにフォークを配っていく。

「あまーいっ！」

「もっとたべたいっ！」

子供の味覚に合わせて甘めの味付けにしてよかった。爆速で卵焼きが消えていく。

この調子で追加分を次々と焼き上げていこう。

「おみずいれが、おそらとんでるーっ！」

協力してくれているのは、フライパンだけじゃない。水差し丸も、せっせと子供たちのグラスにジュースを注いでいる。

……こんなことに精霊具たちをフル活用していいのかな？　そんな疑問がふっと脳裏を掠めるけれど、２人ともノリノリだからまあいいや。深く考えないようにしよう。

「ねえねえ、ほかのおりょーりもたべてみたい！」

「もっちろん！　ちょっと待っていてね……」

念のために子供たちから距離を取り、赤い核をツンツンとつつく。次の瞬間、ゴォッとフライパンから火柱が立ち上がった。

こうすることによって、表面に残った不純物だけでなく雑菌も全て焼き尽くす。洗剤いらずで便利な機能なんだけど、一歩間違えると火事に繋がりかねない大技だ。

さて、続きましては2品目。

下ごしらえをしておいた鶏もも肉を、皮を下にして、油を引いたフライパンで焼いていく。この時、お肉に重しを載せておくと、皮がパリッと仕上がるのよね。

お肉が焼けたら、タレ作り。醤油もとい豆ソースと砂糖、それから厨房にあった料理用の白ワイン。酸味が少なめでほどよい甘み、アルコール度数も低いということで、みりんの代用として少量加える。

軽く油を拭《ふ》き取ったフライパンでじっくり煮詰めていくと、懐かしのあの香り。とろみがついたところで、ソテーした鶏肉にたっぷりかけたら、鶏の照り焼きの出来上がり！

またこうして和食を作れる日が来ようとは……。レグリス殿下には、足を向けて寝られないわ。

「なにこれおいしい！」

「パリパリーッてするよ！」

子供たちにも大好評。お手伝いしてくれたご褒美に、ネージュもどうぞ。

「ふぁぁ……すっごくおいしいのっ！」

こんなに喜ぶネージュを見るのは、初めて餃子《ぎょうざ》を焼いた時以来かもしれない。これはもうナイトレイ伯爵家のレギュラーメニュー決定ね。

それにしても、照り焼き大人気だな。パンの間に千切りキャベツと一緒に挟むという通な食べ方をしている子もいる。

卵焼きと同様に、凄まじいスピードでなくなっていく。早く追加の肉を焼かねば。

「……あれ？」

一人だけみんなの輪から外れて、椅子の上で膝を抱えている子供がいた。ネージュが「ごはん、たべよ？」と誘っても、力なく首を横に振るばかり。どこか寂しそうな表情で、パンをちびちび食べている。

◆◇◆◇◆

「ぼく、あまいたまごやきがいい！」

「えーっ。しょっぱいのたべたい！」

「はいはい、喧嘩しないの。どっちも作ってあげるから」

子供たちがお城にやって来てから早3日。私はすっかり彼ら専属の料理番と化していた。ここ最近は暇な日々を送っていたので、正直めっちゃ楽しい。

ちなみに子供たちのご家族も、既に所在の確認が取れている。その多くは王都や他の領地に避難していたらしい。近々この子たちを迎えに来るそうだ。

だけど……。

「おはよう。ロンは何が食べたい？」

「えっと、あの……パンだけでいいです」

例の少年だけは、未だに身元が分かっていない。本人も頑《かたく》なに素性を明かそうとしないので、カトリーヌが頭を抱えているそうだ。

分かっているのは、他の子供たちから「ロン」という愛称で呼ばれていること。それから、兵舎の保存食や井戸の在処を知っていたのがロンだということ。

少年の正体も気になるけど、問題は食事をほとんど摂らないことだった。初めて出会った頃のネージュを見ているようで心配だわ。

「……また子供たちに食事を作っていたのか？」

「あ、旦那様」

「城の使用人たちに任せればいいだろうに」

「私は結構楽しいですわよ。それにほら、ネージュも」

私の視線の先では、ネージュが子供たちと一緒に朝ごはんを食べている。出会ったばかりの子供たちと、すぐに打ち解けられるというのは、大きな長所だと思う。

「まあ、君がやりたいなら好きにするといいさ。ところで、例の少年は？」

「ええ。あそこに……あら？」

先ほどまで座っていたところにロンがいない。食堂内を見回していると、いつの間にかシラーの背後に立っていた。

「おじさんっ」

控えめに微笑みながら、黒衣の美丈夫を見上げるロン。シラーは真顔でビシッと凍り付いた。

少年よ、うちの旦那はまだ20代なのだ。

だけどロンが一番懐いてるのって、シラーなのよね。姿を見かける度に、嬉しそうに駆け寄っていく。

ちなみに他の子供たちは、シラーが少し苦手みたい。彼が食堂に入ってきた途端、ささっと隅の方へ逃げてしまった。カトリーヌは「かっこいいねーちゃん」と人気を博しているというのに。

「僕の姉が、君の身元が分からないと苦労している。兵舎の設備を熟知していたんだ。記憶喪失というわけでもないだろう。……親の名前だけでもいいから、教えてくれないだろうか？」

シラーが穏やかな口調で尋ねる。しかしロンは一瞬泣きそうな表情をしたあと、無言で首を横に振った。

「……そうか。時間を取らせてすまなかった」

シラーもそれ以上は聞こうとせず、すぐに会話を切り上げる。2人のやり取りを眺めていると、シラーに「少しいいだろうか」と声をかけられた。2人で食堂から出たところで、彼は話を切り出した。

「あの少年のことだが、このまま身元が判明しなければ、養護施設に引き渡されるそうだ」

やっぱりそうなるわよね。帰る場所が分からない以上、それも一つの選択肢かもしれない。

「ロン……もしかしたらご家族の下に帰りたくないのかもしれませんわね」

頑なに素性を明かそうとしないのは、たぶんそういうことだと思う。前世の私だって両親から逃げたい一心で、上京したんだもの。

ロンを見ていると、たまに昔の自分を思い出す。

「……だとしたら、なおさら親を探し出すべきだ。探し出して、あの子との間に何があったのかを問いたださなければならない」

　シラーはぽつりと呟いた。

「あっ！　おとうさま、はっけんなの！」

　食堂の入り口からひょっこりと顔を出したネージュが、シラーをびしっと指差した。その後ろには、どこか怯えた表情の子供たちの姿もあった。

「や、やっぱりこわいよぉ……」

「『あくじきはくしゃく』はわるいひとって、ママがいってたよ！」

「とってもいい人だから、そんなに怖がらないであげて。涼しい顔をしてひそひそ話を聞いているけれど、結構気にしているっぽいから！

「だいじょーぶなの！　おかあさまがおとうさまを『めっ』してくれるの！」

　待ってネージュ。その言い方だと、なんだか我が家がカカア天下みたいなんだけど。

「ネージュがそういうなら……」

　納得しちゃったよ。

「……それで？　僕に何か用かな？」

　シラーは少し恥ずかしそうに聞いた。

「あのね、まてすきしだんのごはんがほしいって！」

ますて‥‥‥マティス騎士団のこと？

「ごはんとは‥‥‥保存食のことか？」

「ほぞんちょ？」

ネージュはこてんと首を傾げた。すると子供たちが口々に言い始める。

「かんづめにはいってたごはんだよ！」

「きしだんのおうちにいたときも、ロンぜんぜんごはんたべてなかったの」

「でも、いっこだけすごくおいしそうにたべてたの。あれつくって！」

この子たちも、ロンに食欲がないことを心配していたようだ。シラーはその場にしゃがみ込み、子供たちと目線を合わせた。

「ちなみにどんな料理だ？」

「んーと‥‥‥あまくてしょっぱいりんご！」

「‥‥‥？」

「つぶつぶもいっぱいはいってた！」

「甘くて‥‥‥しょっぱい‥‥‥粒々‥‥‥？」

要領を得ない説明に、シラーは困惑の表情を浮かべる。

‥‥‥待てよ？

「すまないが、あの保存食は君たちが食べた分で最後だ。レシピも分からないし、あれを作った料理人も……」

「……それって、分厚いベーコンが入っていなかった？」

シラーの言葉を遮るように、私は質問した。それに対して、「うん！」と元気よく答える子供たち。ふむふむ、なるほど。

「その料理を作ったの、たぶん私だわ……！」

◆◇◆◇◆

マティス騎士団の料理番として、馬車馬のように働いていた私だが、保存食の新メニューの開発を命じられたこともあった。

まあ、それ自体はそれほど苦ではなかったけれど。

何気なくレイオンに相談したら、「俺が好きなものにしてくれ」とのことだったので、本当に奴が好きな料理オンリーにしちゃったのだ。

レシピも事細かに書いたし、あとは兵糧係が作るだろうと思い込んでいた。

しかしその数日後、兵糧係たちがヘラヘラと愛想笑いを浮かべながら、私の下にやって来たのである。

『俺たち、忙しいからさ。作るのもアンゼリカさんがやってよ。ね？』

あそこでブチ切れなかった私……偉い！

あの頃の私は、記憶が戻る前だったから内気な性格だったんだけどさ。

というわけで、その日から数日間は仕事が増えて地獄だった。

「あのごはん、アンゼリカさんがつくったの!?」

「すっごくおいしかったよ！」

「アンゼリカさん、ありがと！」

子供たちから感謝されるのはちょっと、ううん。ものすごく嬉しい。それだけで、あの時の苦労が報われるわ。

「そうか……あそこの保存食は死ぬほどマズいと姉上が嘆いていたから、おかしいとは思っていたんだ」

シラーは腑《ふ》に落ちた表情で頷いた。

「……カトリーヌ様から？」

「合同演習で兵舎を訪問した際に試食したが、あまりのマズさに飲み込むのがやっとだったそうだ。なのに子供たちが美味しかったと口を揃えて言うから、あの極限状態で味覚が麻痺していたのかと……」

「ひぃぃっ！」

もし私が作っていなかったら、あの子たちは激マズ料理を食べてたかもしれなかったのか。

過去の私、グッジョブ。

ちなみに料理のレシピは、全部覚えている。みんなが言っている『林檎《りんご》の甘くてしょっぱいの』とは、おそらく林檎とベーコンのハニーマスタード炒《いた》めだ。

早速材料を調達しに厨房へゴー。

食材は林檎とベーコン。味付けは粒マスタードと蜂蜜、それと塩胡椒が少々。たったこれだけ。ベーコンから出る旨味が結構いい仕事をしてくれるのだ。

本当は白ワインも加えたいところだけど、今回は割愛。当時作ったものを忠実に再現することにした。

作り方はすごく簡単。

まずは林檎とベーコンを食べやすい大きさに切る。子供が食べるから、小さめにしましょうか。

切った材料をフライパンで炒め、あらかじめ作っておいた合わせ調味料を回しかける。

「おいしそー……」

「あなたたちの分も作ってあるわよ」

「えっ、ほんとに？　やった！」

大喜びの子供たち。少し離れたところから、ロンがソワソワした様子でこちらを窺っている。

「ロン」

私が優しく呼ぶと、ゆっくりと近付いてくる。

「あなたがこの料理を美味しそうに食べてたって、みんなが教えてくれたの」

「……みんなが？」

ロンは目を見開いて、子供たちを見回した。そうよ、みんなあなたのことが大好きなの。

「ええ。それと……兵舎に残されていた保存食を作ったのは私なの。私が作った料理を、美味しく食べてくれてありがとう」

感謝の気持ちを込めて、お礼を言う。

するとロンは恥ずかしそうに俯いてしまった。

「最後に塩胡椒で軽く味を整えて……はい、完成よ」

出来立てのハニーマスタード炒めを大皿に盛り付ける。わぁっ、と子供たちから歓声が上がった。

「ほら、ロン！」

「ぼ、僕はいいよ……」

「ダメッ！　ロンがたべないなら、ぼくらもたべない！」

子供たちに背中をぐいぐいと押され、ロンが大皿の前にやって来る。初めは戸惑っていたけれど、やがてすんすんと料理の匂いを嗅ぎ始めた。

「どうぞなの！」

「うん……」

ネージュに手渡されたフォークを握り締め、ソースがよく絡まった林檎にブスリと突き刺す。そしてふーふーと息を吹きかけ、少し冷ましてから口に運ぶ。

ロンが初めてまともに料理を食べてくれた。

ゆっくりと咀嚼する様子を、私や子供たちだけでなく、シラーとカトリーヌも食堂の隅からこっそり見守っている。

林檎をよく味わってから飲み込むと、今度はベーコンを頬張った。小さなほっぺが、もごもごと動いている。

「美味しい……甘くて、しょっぱくて美味しい……っ」

なぜかロンの瞳が潤み始める。え？　ちょっと……。

「ひ、ひっく、う、うわぁぁぁん……っ！」

泣いちゃったんですが⁉

突然号泣されてしまい、私は冷や汗ダラダラだった。美味しいって言ってくれたけど、実は無理して食べていたとか⁉

「どうしよう、ロンがないちゃった……！」

「なんで⁉」

「ロン、なかないで！」

突然の事態に子供たちも大慌て。そのうちの一人が、ちらりと皿を見る。

「もしかしておいしくなかったのかな……」

そ、そんなはずは！

皿に盛る前に試食してみたけど、マスタードの酸味と蜂蜜の甘みがマッチしていて我ながら美味しかったし！　林檎も熱が加わって、ほどよい柔らかさに仕上がってたし！

「うぅ～……ひっく、ぐす……っ」

エグエグと泣きながら食べてる……。

マズいんじゃなくて、泣くほど美味しいってこと？　そんなにこの味が好きなのかな。

だけどレイオンも、３日に１回くらいはこれを食べたがっていたし……って、ちょっと待って？

確かゲームの中でも……。

「……思い出したぁっ!!」

林檎とベーコンのハニーマスタード炒め。

この料理が好きな人物を、私はもう一人知っている。

あのレイオンを兄に持つ、常に上から目線のボンボン。だけど好物を食べている時は、いつも幼子のように目を輝かせていた。

どうして今まで気付かなかったのだろう。よく見ると、十数年後の面影があるというのに。

ロンが料理を完食したあと、私は他の子供たちを全員部屋に戻らせた。

私は深呼吸してから、ロンを真っ直ぐ見据えて問いかけた。

「あなたは……マティス伯爵家のクロード子息、よね？」

ロンの体がぴくんと跳ねた。シラーの驚いた表情が見えたが、「まだ出てきちゃダメ！」と手で合図をする。

「ごめんなさい。こんなこと、聞かれたくないのは分かってるわ」

テーブルに視線を落とすロンに、私は言葉を続ける。

「だけど、このままじゃいけないと思うから」

以前の自分を捨てて、新しい人生を始めるのは決して悪いことじゃない。私だって、この乙女ゲーの世界で第二の人生を楽しく送っているし。

でも私には、それでロンが救われるとは思えない。だって、いつも悲しそうな顔をしてるもの。

「…………」

私の言葉に、ロンがゆっくりと顔を上げる。

そして大きな目を潤ませながら、コクンと小さく頷いた。

「……どういうことだ」

その声に振り返ると、カトリーヌが恐ろしい形相で、こちらへと歩み寄ってきていた。

「姉上、もう少し待て！」

シラーの制止も役に立たない。カツカツ、と靴音を響かせながら近付いてくる。怒りで魔力が暴走しているのか、周囲にバチバチと火花が散っている。

激オコリーヌ。その凄まじい迫力に、クロードはプルプルと震えていた。

「あ、ぼ、僕……」

「この子を叱らないでください！　今まで黙っていたのは、きっと何か事情があって……」

私はクロードを庇《かば》うように、カトリーヌの正面に立った。

「その少年に怒っているのではない。私が許せないのは、マティス伯爵だ」

「は、はい？」

「あの男……『次男は目の前で、暴徒と化した民に殺された』と言っていたのだ。なぜだ、なぜそのような証言をした……⁉」

なんですって⁉

◆◇◆◇◆

現在マティス伯爵一家は、王都の外れにある別荘を住まいにしている。夫人の実家から呼び寄せた使用人に自分たちの世話をさせているそうだ。

事情を知った陛下は、すぐに迎えの者を別荘に向かわせた。そして数時間後、マティス伯爵夫妻とレイオンが王城の応接間にやって来た。

「本日はどういったご用件でしょうか。私どもに朗報があるとのことでしたが……」

マティス伯爵は以前パーティーで見かけた時に比べ、随分と老《ふ》けて見えた。顔の皴が増えて、頬もこけてしまっている。

その隣にいる夫人も、目の下に青黒いクマができている。ろくに眠れていないのかもしれない。

「俺たちを王城に招待してくれるなんて、気が利くじゃないか。城の食事は美味いから楽しみだ」

両親の後ろでは、元カレがお腹を擦りながらニヤついていた。

あれから少しは改心したのかと思っていたら、何一つ変わっていなかった。マティス伯爵が保釈金を払ってくれたおかげで、外の空気を吸えているのだという自覚がないのかもしれない。こいつは本当に……！

「ん……ア、アンゼリカ⁉」

レイオンは私に気付くと、驚愕の表情を浮かべた。

「どうしてここにいるんだよ！　まさかお前が俺らを呼びつけたのか⁉　……はっ、そうか。もしかして俺に会いたくなって……」

「……勘違いも甚《はなは》だしいな」

私の背後に立っていたシラーが、冷ややかな声で言い切った。

「ナ、ナイトレイ伯爵……！」

パーティーの場で丸焼きにされかけたのが、トラウマになっているのだろう。レイオンはあからさまに表情を引き攣らせた。

「こ、これはどういうことだ？　なぜ貴殿らがここに……」

マティス伯爵も困惑を隠し切れない様子だった。

「先に伝えておいたはずだが？　朗報があると」

そう告げて、カトリーヌは応接間のドアをゆっくりと開いた。一人の少年が一礼して、応接間に入ってくる。

「その子は……っ」

「貴殿のご子息で間違いないな？」

カトリーヌの問いに、マティス伯爵は暫し言葉を失っていたが、やがて何かを堪えるような表情で首を横に振った。

「そ、そんなはずはない。クロードは私たちの目の前で殺されたのだ。生きているはずがない……」

「ではこの少年は、ご子息ではないと？」

「……残念ながら、別人だ」

カトリーヌから視線を逸らしながら、苦々しい口調で答える。

「え、ええ、よく似てますけど」

「だよなぁ。ただの人違いだよ、人違い」

夫人とレイオンも、強張った顔で同調する。諦めたような表情で項垂れるクロードを抱き締め、私は伯爵一家を睨み付けた。

「あなた方……本気で仰ってますの？」

「お前は黙ってろ、アンゼリカ！　俺の弟はもう死んでるんだよっ！」

レイオンの怒号が室内に響き渡る。クロードはビクッと顔を跳ね上げ、私のドレスをぎゅっと握り締めた。大丈夫、私たちがついているから怖がらないで。

シラーは深く息を吐いたあと、マティス伯爵への尋問を始めた。

「……この子が全て話してくれた。焼き討ちに遭った屋敷から脱出したあと、貴殿らは王都までの安全なルートを提供してもらうことを条件に、クロード子息を奴隷商に差し出したそうだな？」

「その少年が嘘をついているだけだ。そのような輩に我が子を差し出すなど……貴殿らはそんな子供の戯言《ざれごと》を信じているのか？」

「そ、そうですわ。彼がクロードだという証拠がどこにありますの？」

「……それでは、今証拠をお見せしよう」

往生際《おうじょうぎわ》悪く認めようとしない伯爵夫妻に、シラーも切り札を出すことに決めたようだ。

「……クロード、あれを見せるんだ」

シラーに穏やかな口調で促され、クロードはポケットの中からあるものを取り出した。

初夏の新緑を思わせる、大粒のエメラルドをあしらった黄金の指輪だ。そのリングの部分には、独特の文様《もんよう》が刻まれている。

「そ、それは……」

夫人がいち早く反応して、クロードへ歩み寄ろうとする。それを阻止するように、カトリーヌが立ち塞がった。

「マティス伯爵家の家宝で間違いないな？　燃え盛る屋敷から脱出する際、咄嗟に持ち出したそうだ。そしてずっと隠し持っていたらしい。それに、彼は兵舎の内装を熟知していた。何度か舎内を見学したことがあり、覚えていたらしい。これでもまだ、ご子息ではないと言い張るつもりか？」

「…………」

カトリーヌに追及され、伯爵夫人は唇を震わせていた。だがその視線は、クロードに真っ直ぐ向けられていた。

「よかったわ……無事だったのね」

伯爵夫人は涙ぐみながら呟いた。彼女もきっと後悔していたのだろう。まだ幼い息子を商人に差し出してしまったことを――

「その指輪っ！」

そこで私は、伯爵夫人がクロードではなく、指輪を見つめていることに気付いた。

「屋敷に置いてきてしまったことを、ずっと後悔していたの。これで今夜はぐっすり眠れるわ」

まさか寝不足の原因ってそれ⁉

「ほら、クロード！　早くその指輪をお母様に返してちょうだい！」

「お、おい、やめないか！」

マティス伯爵が焦った口調で咎《とが》める。しかし夫人の頭の中は、もう指輪のことでいっぱいだった。

「あなたは黙っていてちょうだい！　クロードのおかげで、私の宝物が……」

ようやく失言を悟ったらしい。伯爵夫人の顔から笑みが消える。

クロードだと認めたのも同然だった。マティス伯爵もこれ以上は言い逃れられないと観念したのか、黙り込んでいる。

「このクソガキが！　なんで指輪なんて持ち出してんだよ！　お前を売ったことがバレちまっただろ!!」

重苦しい雰囲気の中、レイオンの口からトドメの一言が飛び出した。

応接間が水を打ったように静まり返る。伯爵夫妻は青ざめた顔で息子を見ていた。

だがレイオンの勢いは止まらない。唾《つば》を飛ばしながら、なおもクロードをなじる。

「だいたい、なんでナイトレイ伯爵に保護されてるんだよ！　そいつのせいで、うちが滅茶苦茶になったって知ってんだろ!?」

「よ、余計なことを言うなレイオン！」

「お前なんて、本当に死ねばよか……グフッ！」

マティス伯爵がとうとう実力行使に出た。息子の胸倉を掴み、頬を思い切りぶん殴ったのだ。乾いた音が応接間に響き渡った。

「ち、父上！　何するんだよ！」

赤く腫れた頬を押さえながら、レイオンが抗議する。

「このバカ者！　周りをよく見ろ！」

「はぁ？　周りって……」

父親に促され、レイオンは怪訝そうに室内を見回す。殺気立っているシラーと目が合い、その顔がみるみる青ざめていく。興奮すると周りが見えなくなるのは、母親譲りなのかもしれない。

伯爵一家の醜態ぶりに、カトリーヌは無言で頭を押さえていた。

「決まりだな。詳しい話は別室でゆっくりと――」

「ち、違うんです！」

レイオンは突然大声を出したかと思えば、御託《ごたく》を並べ始めた。

「俺たちだって、本当はクロードをあんな連中に差し出したくありませんでした。ですが、商人どもに『言う通りにしないと、領民たちに居場所をバラす』って脅されて……仕方のないことだったんです。それにクロードだって、自分の意思であいつらについて行ったんです！」

「だったらなぜ、そのことを隠していた？」

カトリーヌが厳しい表情で問いただす。

「そ、それは……ほら、クロードを見捨てたのは事実ですし。後ろめたくて言い出せなかったんです。……そうだよな、父上？」

レイオンに話を振られ、マティス伯爵は少し迷う素振りを見せてから頷いた。

「う、うむ。私たちを疑うのであれば、クロードに直接聞いてみるといい」

クロードに視線が集まる。小さな体がぶるっと身震いするのが分かった。尋常ではないその様子に、私は目を見張る。

……ひょっとして、この子がずっと自分のことを黙っていたのは、伯爵たちに強く口止めをされていたから？

「あ、あの僕……」

クロードがカタカタと体を震わせながら、私を見上げてくる。鳶色の大きな瞳は潤み、今にも涙が零れ落ちようとしていた。その姿を見て、私は唇を噛み締める。

一番信頼できるはずの家族に虐《しいた》げられる。それがどれだけ辛《つら》くて悲しいことなのかは、誰よりも知っているつもりだ。前世でも今世でも、親兄弟には恵まれなかったから。

だからこの子には、これ以上同じ思いはさせたくない。

「何があっても、私がお守りします。ですから、本当のことを仰ってください」

その小さな手を取りながら、私はクロードに優しく微笑みかけた。

「アンゼリカ様……」

クロードの体の震えが次第に治まっていく。

「お、おい。どうしたんだよ、クロード？　早く本当のことを言って、俺たちは何も悪くないって説明してくれよ」

レイオンがもどかしそうに催促する。クロードは服の袖で目元を拭《ぬぐ》い、家族たちを見据えた。

その瞳には、決意の色が浮かんでいた。

「僕は……自分の意思で商人たちについて行きました」

弟の言葉にレイオンがニヤリと笑う。だがクロードの証言には、まだ続きがあった。

「……もし、誰かに保護された時はそう言えと、兄上に命じられました！」

「なっ……お前っ!!」

レイオンは唇をわなわなと震わせた。

「父上からは『足手纏いがいると逃げ切れない』と言われ、母上にも『いざという時戦えないんだから、別の形で役に立ちなさい』と言われました」

「何を言ってるのクロード⁉」

自分たちの発言を次々と暴露され、伯爵夫人が悲鳴じみた声を上げる。

まさか実の子供にそんな暴言を吐いていたとは……。

レイオンに比べたら、伯爵夫妻はまだマシだと思っていた。だけど血は争えないのだと、見せつけられた気分だった。

シラーはふんと鼻を鳴らし、マティス伯爵に目を向けた。

「奴隷商たちもある程度子供を攫ったら、他の領地へ向かう。そうすれば自分たちが我が子を引き渡した事実が、明るみに出ることはない。そう踏んでいたのか？」

「ぐっ……」

「思い通りにならなくて残念だったな。恨むなら商人たちを襲った魔物を恨め」

「ぐぬぬっ……！」

マティス伯爵は何も反論できず、悔しそうに唸るばかりだ。夫人も何やら喚《わめ》き散らしている。

「お、お前のせいだぞ、アンゼリカ‼」

そして、なぜか私に責任転嫁してきたレイオン。

「クロードに余計なことを吹き込みやがって……俺たちは何も悪くない‼　全部お前が悪いんだぁぁっ‼」

レイオンの手のひらに、轟々《ごうごう》と燃え盛る巨大な火の玉が現れる。ちょっとちょっと！　こっちにはクロードもいるのよ……!?

「……アンゼリカ様は何も悪くないっ！」

その時、クロードの体が山吹色に光り出した。これって、以前ネージュが草原の花を咲かせた時の……！

「うぉっ!?」

レイオンの足元に、ピシッと亀裂が走った。

「お、落ち着けよ、クロード！　これは冗談だよ、冗談。ただちょっと驚かしてやろうかなーって思っただけで……」

「嘘つき……兄上なんて大嫌いだっ!!」

両手を強く握り締め、クロードが声の限りに叫ぶ。直後、床から突き出た巨大な石の腕がレイオンに強烈なアッパーカットを食らわせた。

「がはぁっ」

レイオンは宙を大きく舞ったあと、うつ伏せの体勢で降ってきた。ピクピクと全身を痙攣《けいれん》させているので、死んではいないと思う。たぶん。

「ひ、ひぃぃ……！」

伯爵夫妻はレイオンを見捨て、応接間から逃げ出そうとしていた。しかし床から生えた石壁が、2人の前に立ち塞がった。

「……父上と母上は、僕が兄上にいじめられてるって知っていても助けてくれなかった」

呆然と立ち尽くす両親に、クロードが声を震わせながら語る。

「い、いや、それは……」

「僕が殴られて泣いていても、ご飯を取られてお腹が空いたって言っても、助けてくれなかった……！」

「そ、そうだったの？　私全く気付かなかったわ。おほほ……」

殴ったり、ご飯を取ったり……？　そんなの虐待じゃない！　私だってそこまで酷《ひど》い目には遭わなかったわよ!?

チラリと旦那の方を見れば、真顔で拳を強く握り締めていた。あ、これ滅茶苦茶怒ってますわ。シラーの怒りが冷気となり、室内を冷やしている。床には真っ白な霜《しも》が降りていた。

こんなに怒っているシラーを見るのは久しぶりだった。その気持ちは分かる。でもこのままじゃ、私たちも氷漬けになってしまいそうだ。

「やめろ、愚弟。殺気がだだ漏れだぞ」

カトリーヌがシラーの肩を後ろからポンと叩く。おおっ、弟の暴走を止めてくれる……？

「お前は手を汚さなくていい。私に任せろ」

こちらも殺る気に満ちている。カトリーヌから放たれる強烈な熱気によって、室温が瞬く間に上昇していく。一筋の汗がこめかみを伝った。

姉弟揃って、今にも剣を構えそうな勢いだ。それでも怒りをぐっと抑えて、クロードを静かに見守っている。

この子が前に一歩踏み出すために。

「アンゼリカ様は、僕のために美味しいご飯を作ってくれたよ。ナイトレイ伯爵様も僕を抱っこしてくれた。プレアディス公爵だって、みんなの家族を探してくれた……みんな、みんなとっても優しい人たちだ！　この人たちを悪く言うなら、僕が許さないっ！」

「………っ」

我が子の気迫に圧され、マティス伯爵はがっくりと項垂れた。夫人も顔面蒼白になりながら、床にへたり込む。その光景に、私は胸がすくような思いだった。

「クロード！　お前、マジでぶっ殺してやるっ！」

レイオン!?　元カレが口から血を流しながら、こちらへ迫ってくる。だがその背後には、既に奴の天敵が回り込んでいた。後ろから肩をぽんと叩かれ、レイオンは「え？」と振り返った。

「お前にあの子を責める資格はない」

シラーの拳がレイオンの顔面を直撃した。グギッとかボキッと嫌な音が聞こえたので、たぶん鼻の骨でも折れたのかもしれない。

レイオンは白目を剥きながら、ガクリと気絶した。顔面の良さだけが取り柄だったのに、すっかり見る影もなくなっていた。

「さて……あとのことは僕たちに任せて、君は少し休むといい」

殴った方の手をハンカチで拭いながら、シラーが静かな口調で言う。その頬には返り血が飛び散っていた。クロードが無言でコクコクと頷いている。

「バカ者。顔もしっかりと拭け」

カトリーヌはハンカチを奪い取ると、シラーの顔を乱暴な手つきで拭き始めた。

「姉上、自分でやるから返してくれ」

「鏡もないのに綺麗に拭けるか。いいから大人しくしろ」

シラーがいつもより幼く見える。なんだかちょっと可愛い。

ふと隣に目を向けると、クロードは顔面血まみれのレイオンをぼんやりと見つめていた。毎日のように辛い目に遭わされていても、どんなにクズでカス野郎だったとしても、たった一人のお兄ちゃんだったのよね。

『私が手に入れるはずだったものを、あんたが全部奪ったのよ！　絶対に許さないわよ……！

あんたは高貴な血を引いていないんだから！　私より劣ってなくちゃいけないのよ!!』

シャルロッテにぶつけられた言葉が脳裏に蘇る。言われた時はとにかく腹が立ったけれど、今はほんの少し胸が痛む。

あんな人、姉として慕《した》うつもりは毛頭ない。血も繋がっていないし。それでも、完全には憎み切れないというか。

こんなこと、シラーに話したら「君は甘い」って怒られちゃうわよね。

◆◇◆◇◆

「はいどうぞ。おやつですよー」

林檎とベーコンのハニーマスタード炒めが大好きだから、たぶん林檎自体も好きだろう。私は頑張って家族に立ち向かったクロードのために、アップルパイを焼き上げた。

と言っても、お城の料理人たちとの合作なんだけどね。

私がフライパンに林檎、砂糖、バター、レモン汁、シナモンを入れてぐつぐつと煮込んでいる間、彼らにはパイ生地を作ってもらっていた。

パイ生地に林檎の甘煮を載せて包み込み、つや出しのために表面に溶き卵を塗って焼けば、アップルパイの完成！

「いい匂い……」

「おいしそうなの！」

そわそわした様子で、切り分けられたパイをじーっと見つめるクロード。その隣の席で、ネージュがキラキラと目を輝かせている。

ふっふっふ。まだ終わりじゃないわよ。私はパイの横に、あるものをそっと添えた。それを見たネージュが「アイチュ！」と叫んだ。

そう、バニラアイスである。

「アイチュ？」

クロードがきょとんと首を傾げる。

「うんっ。あまくて、ひんやりなの！」

「あまくて……ひんやり……」

冷凍庫がないこの世界では、氷菓子なんて貴族でも滅多に口にできるものではない。我が家には人間冷凍マシーンがいるから、仕事が暇な時にアイスクリーム作りに協力してもらっているけれど。

そしてこのエクラタン城にも、人間冷凍マシーンが1名。

リラ王太子妃が料理を食べてくれないと嘆いていた、あの料理長。実は、とある侯爵家の出身で、珍しい氷魔法の使い手なのだ。パイを焼いている最中に、わざわざ作ってくれた。なんでも、アップルパイとの相性が抜群とのこと。

「んしょ、んしょ」

子供用のフォークとナイフを使い、器用にパイを切り分けていくネージュ。そこに真っ白なアイスをたっぷり載せて……ぱくり。

「ふわぁぁぁ～！」

両手でほっぺを包み込み、歓喜に震えている。その反応を見たクロードも一口食べ、目を大きく見開いた。

「お、美味しい……っ！」

そんなに美味しいのかしら。私もいざ実食。

甘酸っぱくてまだ温かいアップルパイに、甘くて冷たいバニラアイスが合わないはずがなかった。パイ生地もサックサクで香ばしくて美味しい。

これは幸せの味だわ。アップルパイにこんな食べ方があったなんて、お菓子の世界って奥が深い。

「チュ～」

生の林檎を齧っているララにも、この美味しさを教えてあげたい。早く元に戻ってくれないかな。

「……クロード様、一つお聞きしてもよろしいですか？」

「あ……あの、様っていらないです……クロードって呼んでください……」

クロードは少し恥ずかしそうに俯いた。本当にレイオンとは性格が真逆でびっくりする。マジラブでも、少し性悪なお坊ちゃまというキャラだったのに。いったい何があったら、あんな感じに成長しちゃうのかしら。

「分かったわ。その代わり、あなたも敬語を使わずにお話ししてくれる？」

「は……う、うん。分かった」

「それじゃあ……クロード。マティス騎士団の兵舎のバリケードを作ったのは、あなたよね？」

「……ごめんなさい」

「ううん、謝らないで！　すごいなぁって思ったの！」

この子がクロードだと気付いた時から、なんとなく察してはいた。ゲームの中でのクロードは、土魔法の使い手だったから。

だけどまだ子供なのに、そんな大規模な魔法が使えちゃうなんてびっくりだ。レイオンなんて、ファイアーボール的なものを出すくらいしかできないもの。弟の方が兄より魔法の才能があるんじゃないかしら。

それに、あのバリケードがなかったら、子供たちも魔物に襲われていたと思う。

「……守りたかったんだ。みんなのことだけじゃなくて、あの兵舎も」

「兵舎を？」

「思い出の場所だから」

クロードは、テーブルに視線を落としながら答えた。

「前にあの中を見学させてもらったことがあるんだ。その時はね、兄上もちゃんと僕にごはんをくれたんだよ」

流石に周囲の目があるから、弟の食事を取り上げなかったのだろう。あの男、外面《そとづら》だけは本当にいいから。

「パンもお料理も温かくて、美味しくて……すごく幸せだった。林檎とベーコンのお料理も、その時に食べたんだ。だから大人になって騎士団に入ったら、毎日ごはんをお腹いっぱい食べるんだってずっと思って……アンゼリカ様？」

「ううん、なんでもないわ。気にしないで……っ」

私は口元を手で押さえ、すんすんと鼻を啜った。

あそこで働いていてよかったと、改めて実感する。だって、この子に希望を与えることができたんだもの。

番外編　特別な日

王城に身を寄せてから、早2カ月。

「……はぁぁ」

読みかけの本をぱたんと閉じ、ベッドにごろんと寝転がる。

伯爵領の子供たちも全員親元へ帰され、料理番の任を解かれた私は暇を持て余していた。

国立図書館から本を借りてきたり、城内の庭園を散策したり、刺繍《ししゅう》にチャレンジしたり。

様々な方法で時間を潰しているが、ぶっちゃけお城での生活に飽きてきた。

「ああもう〜〜！　早く帰ってきて、ネージュ〜〜っ！」

広いベッドの上をごろごろと転がりながら叫ぶ。

ただでさえ退屈だというのに、ネージュが定期健診に行ってしまい、私の寂しさメーターは爆上げだ。1週間に一度、王家専属の医師に診てもらえるのはありがたいけど、この待っている間がめっちゃ寂しい。

こんなことで、将来ネージュが大人になった時、子離れできるのかしら。いや、私よりシラーの方がヤバそうだけど。

廊下からパタパタと忙《せわ》しない足音が聞こえてくる。それは次第にこちらへと近付いてきて、突然客室のドアが開かれた。

「奥様、ただいま戻りましたーっ！」

「ただいまなの、おかあさまっ！」

「ララ⁉」

私はベッドから飛び起きた。ネージュについて行っていたララが、別の意味でも戻っている。

「なんだか体がムズムズするなーって思ってたら、いつの間にか人間の姿になっていたんです！」

「そ、そうなのね」

右手を左斜めに掲げ、左手を腰に添えるという謎の決めポーズを取るララ。そのテンションの高さに、私は圧倒されていた。

「だけど、これで後遺症も治まったってことかしら？」

「はい！　これまでご迷惑をおかけして申し訳あ……へっくしょいっ！」

ララが大きくくしゃみをした途端、白い煙が彼女を包み込んだ。すごく嫌な予感がする。

「……チュアッ⁉」

ハムちゃんに逆戻りしたララが、驚愕の表情で自分の体を見下ろしている。そういえば「暫くの間は不安定な状態が続くはずだ」ってシラーが言ってたっけ。

「ラ、ララ。きっとまたすぐに戻れ……」

「チュ、チュウ……チュウウウゥッ!!」

ララが全身をプルプルと震わせ、天井に向かって咆哮を上げる。すると再び白い煙が発生した。もうもうと立ち込める煙の向こうに人影が見える。

「ぜぇ、ぜぇ……奥様っ！　戻りました！」

汗だくのララが力強くガッツポーズを決めた。気合と根性で、後遺症に抗ってる。

「と、とりあえず当分の間は、くしゃみをする時は注意が必要ですね！」

そんな、ぎっくり腰じゃないんだから。まあ、自分の姿をコントロールできるようになったのは大きな前進だと思う。

「ネジュ、けんしんがんばったの！」

「えらいわ、ネージュ。お利口さんね」

「うん！　あ、せんせーにとりさんもらったの」

そう言ってネージュがポケットから取り出したのは、ピンク色の折り鶴だった。

「先生のお子さんが王都の託児所に通っていて、そこの職員から作り方を教わったそうです」

「託児……あっ」

ひょんなことから開設されることになったナイトレイ託児所。その2軒目が王都にも建てられたんだった。すっかり忘れてたわ。

ネージュを診てくれた医師曰く、貴族、庶民を問わず、多くの親が利用しているそうだ。日中子供を預かるだけではなく、経済状況が苦しい家庭への援助も行っていて、他の領地でも託児所の開設が検討されているらしい。

「先生の奥様もお医者さんで、共働きらしいんです。ですから託児所ができてすごく助かってると、奥様と感謝されているそうですよ」

やっぱり王都でも需要が高いのね。こういった動きが、どんどん広まっていけばいいのだけれど。

「おかあさま、おかあさま」

ネージュが切なそうな顔で、私のドレスの裾を引っ張る。

「ネージュ、おなかすいたの……」

「それじゃあ、そろそろおやつの時間にしましょうか」

「おやつー！」

嬉しそうに飛び跳ねるネージュ。……あれ、ララがいない？

見ると、なぜか部屋の隅にうずくまっていた。クローゼットの隙間に手を突っ込もうとしている。

「な、何してるの、ララ」

「少しお待ちくださいませ。今、私のおやつを……はっ！」

そこで我に返ったのか、ララは動きを止めた。棚の隙間に溜め込んでいる向日葵の種を取ろうとしていたようだ。人間に戻っても、ネズミだった頃の習性が抜け切っていないらしい。

「ララ、少しずつリハビリを続けていきましょうね」

「うぅっ、奥様ぁ……！」

ガクリと項垂れるララの背中を優しくさする。なんだか私まで悲しくなってきた。

そんな暗い気分を吹き飛ばすかのように、外から突然破裂音のようなものが数回ほど聞こえてきた。その音に驚いたネージュが、「ひゃっ」と声を上げ、私にぎゅっとしがみつく。

「な、何⁉　敵襲⁉」

「あ、そういえば今日って『青騎士の日』でしたっけ」

特に驚いた様子もなくララが呟いた。

「……青騎士？　何それ？」

「庶民たちにとっての祝日みたいなものですね。今から３００年前、圧政を敷いて多くの領民を苦しめていた悪逆非道の貴族を、青い甲冑《かっちゅう》の騎士たちが討ち取ったという伝説があるんです。

王都では毎年、その討ち入りの日にお祭りが開かれているんです」

「うちいり？」

「悪い人たちをめっ！　することです」

聞き慣れない単語に首を傾げるネージュに、ララがマイルドな言い回しで答える。

「だけど、そんないかした言い伝え初めて聞いたわ」

「あー……この話って貴族たちの汚点として、タブー視されているんです。一説では、青騎士の正体はただの盗賊とも言われていますし」

単なる盗賊集団が美化されて、讃えられるようになった可能性もあるのか。その説が真実だとすると、本日は盗人感謝デーということになる。エクラタン王国の治安、大丈夫か⁉

「それに庶民たちにとっても、お祭りを開くための単なる口実みたいなものなんです。ほら、この国って祝日が少ないじゃないですか」

「えっ、そうだっけ⁉」

「えーと……建国記念日以外だと、初代国王陛下の生誕日や勤労感謝の日くらいじゃないですか？」

マジで少ないし、メンバーの顔触れが地味過ぎる。何か一つくらい、『カブトムシ相撲大会の日』的な変わり種があってもよさそうなのに。

「エクラタン王国って意外としけた国ね……」

「そうなんです。『向日葵の種早剥き大会の日』みたいなのがあれば面白いんですけどね。私、トップ狙えますよ」

ララが鋭い眼差しで優勝を宣言する。優勝賞品は、向日葵の種10キロとかだろうか。

◆◇◆◇◆

祝日が少ない。そのことに不満を抱いているのは、私だけではなかった。

事件が起こったのは、青騎士の日から3日後のこと。私はその日、ネージュに絵本を読み聞かせていた。

「あるところに子ブタの三兄弟が住んでいました。なまけものの長男はわらのお家を建てました。するとお腹を空かせた狼がやって来ました。『こぶたさん、なかにいれておくれ』長男子ブタは言いました。『やだよぉ、こわいもん！』すると狼はぴゅーっと息を吹きかけて、わらのお家を吹き飛ばしてしまいました」

「ぴゅーー！」

「長男子ブタはびっくりして叫びました。『カチコミじゃあっ！』なんとか逃げ出した長男子ブタは、弟2匹に狼のことを知らせました。弟子ブタたちは言いました。『なめられたままじゃおわれねぇ！』『けんかじょーとー！』……………別の絵本にしましょうか。ほら、これなんてどう？『おおかみと7万匹のこやぎ』って面白そうじゃない？」

こんな血と暴力にまみれた絵本、教育に悪過ぎる。

「やっ！　ネジュ、こぶたさんよみたいのーっ！」

よほど続きが気になるのか、ネージュが珍しく癇癪《かんしゃく》を起こす。そんなこと言われても、たぶん三兄弟が狼にお礼参りして終わりだと思うし……！

「ん？」

何やら外が騒がしい。兵士と誰かが口論しているように聞こえる。

「奥様、大変です。大変ですっ！」

ララが窓から外の様子を見るなり、私を手招きする。何事かと窓辺に近付くと、正門の前で数人の子供が門番たちと言い争いをしているのが見えた。

不思議なのは、ここから正門まではそれなりの距離があるのに、彼らの会話がはっきりと聞き取れることだ。なんでもこの城の外壁には、周囲の音を集める性質を持つ特殊な石材が使われているらしい。それによって有事の際、外部からの情報を素早く知ることが可能だという。

「ここは子供が来るところじゃないんだ。さあ早くお家に帰りな」

「ぼくたちは、おうさまに『じかだんぱん』にきたんだ！」

「あわせてくれるまで、かえらないぞ！」

「陛下はお忙しいのだ。お前たちの相手をしている暇などない」

「なんだとー！　たみのこえをむしするつもりかー！」

帰るように促されても、全く聞く耳を持たない。なかなか引き下がらない子供たちに、門番の面々も手を焼いているのが分かる。

その様子を見守っていると、子供たちの背後に上空から何かが降ってきた。

「お祖父様に代わって、この私が聞いてやろう。さあ、話してみよ！」

「い、いけません、ラヴォント殿下。城にお戻りください」

何をしてるんですか、王子様。

思わぬ闖入者《ちんにゅうしゃ》に、門番がにわかに慌て出す。彼らに諫《いさ》められ、ラヴォントはふんと鼻を鳴らした。

「この者たちは、直談判しに来たと主張しているではないか。それをろくに話も聞かずに、門前払いするとは何事だ」

「そう仰られましても……」

「ラボントおうじ、『しゅくじつ』つくって！」

子供の一人が、門番の言葉を遮って言う。その言葉に、私は一瞬ララと顔を見合わせた。

「む？　祝日を作るとは？」

「あのね、たくじしょの――」

子供たちがそう言いかけたところで、白衣を着た男性が城内から出てきた。駆け足で正門へ向かう彼を見て、ララが「あっ、先生！」と声を上げた。

「先生？」

「この前、ネージュ様を診てくださった先生です。何かすごく急いでますね……」

2人で先生の激走ぶりを見守っていると、子供の一人が「あ、おとうさん！」と彼に向かって大きく手を振った。

「はぁ、はぁ……こ、こんなところで何をしているんだ！　託児所を抜け出してきたのか⁉」

息を切らしながら、先生が我が子を詰問する。すると子供は、どこか誇らしげな表情を見せた。

「ぼくたち、みんなをだいひょーしておうさまにおねがいしにきたんだ！　しゅくじつつくってくださいって！」

「わけの分からないことを言っていないで、早く戻りなさい！　……殿下、この子たちのご無礼をどうかお許しください」

深謝する父を目の当たりにして、ようやく事の重大さに気付いたのだろう。子供たちの表情が曇っていく。

「なぜ謝るのだ？　民の声に耳を傾けるのは、当然の責務ではないか」

重苦しい雰囲気の中、ラヴォントが平然とした口調で言い切る。その直後、数匹のカラスがどこからともなく現れ、ラヴォントの頭上で旋回し始めた。

「はっ！　あやつらは父上が飼っているカラスども！」

カァー。急降下したカラスたちが、細い脚でラヴォントの体をがっしりと掴む。そして黒い翼を羽ばたかせながら、ゆっくりと持ち上げる。

「や、やめろ！　離せーっ！　うわぁぁぁ……っ」

カァー。必死の抵抗も虚しく、ラヴォントはカラスたちによって城の中へと運ばれていった。見てはいけないものを見てしまった気分だ。

「……さあ、お前たちも」

「うん……」

先生に促され、子供たちが素直に頷いて帰っていく。門番たちは軽く手を振りながら、それを見送る。

「あの子たち、託児所の子だったんですね」

ララの呟きに私は頷いた。

「子供たちだけでお城に押しかけるなんて、ただごとじゃないわよね。祝日を作ってほしいって言ってたけど……」

創設者として少し気がかりだ。伯爵領の託児所でも、貴族のママが強権を振りかざした結果、庶民の子供が来なくなった事件があったもの。陛下の目もあるし、そこのところは大丈夫だと思っていたんだけど……。

「奥様。私、託児所の様子を見に行ってきます！」

ララが小さく手を挙げながら言った。

「それはありがたいけど……いいの？」

「はい！　せっかく人間の姿に戻れたことですし、お散歩も兼ねまして」

一人で出歩かせるのは少し心配だけど、まさかまたシャルロッテと偶然会ったりしないわよね。

「そういうことなら、ララにお願いして……」

「ネージュもいくーっ！」

ネージュがララの足にしがみつきながら、声を張り上げた。

「ど、どうしたのネージュ？」

「ララがネズミさんになったら、ネジュがまもるの！」

その叫びを聞いて、私の中に一抹の不安が芽吹《めぶ》いた。

今のララは、くしゃみ一発でハムちゃんに逆戻りするような状態だ。もし街中でハムちゃんになってしまったら？　しかもその時、誰かに踏み潰されてしまったら……ウ、ウワーッ！

ぺしゃんこになったネズミのララを想像してしまい、全身から嫌な汗が噴き出す。

「大丈夫ですよ、ネージュ様。もしネズミになっても、闘魂注入で人間に戻りますから！」

「……行くわ」

「え、奥様？」

「私も一緒に行くわ!!」

というわけで、私たちはお忍びで託児所を訪問することになった。車内のカーテンを閉め切った馬車が、王都の街並みを走る。警察車両で連行される容疑者になったようで、少し複雑。

「あっ、見えてきましたよ奥様！」

カーテンの隙間から外の様子を窺っていたララが声を上げる。私も同じように外を見てみると、あるものが目に飛び込んできた。

2階建ての豪勢な建物の前に、フライパンを掲げた私の石像が建っている。2軒目の託児所が開設された記念で製作されたブツだ。

……誰か深夜のうちに、ぶっ壊してくれないかしら。ぶっちゃけ滅茶苦茶恥ずかしい。

「かっこいいですよね、奥様の像！　屋敷のお庭にも建てちゃいましょうよ！」

「偶像崇拝反対！　偶像崇拝反対!!」

私は両手をクロスさせながら、ぶんぶんと首を横に振った。


「あっ、フライパンのひとだ！」

「なんかつよそう！」

「わるいことすると、フライパンでたたかれちゃう！」

託児所に入ると、子供たちが一斉に私を指差してきた。あの石像のせいで、妙なイメージ付いちゃってるじゃない。わたしゃ、なまはげか！

「わ、私はアンゼリカよ。みんなよろしくね」

「ネジュともーします！」

まずは2人でご挨拶。その間、ララには職員たちを呼びに行ってもらった。

「ナイトレイ伯爵夫人？　本日はいかがされましたか？」

突然の訪問に、職員たちは驚きを隠せない様子だった。「お宅のチビッ子たちがお城に押しかけてきましたよ」なんて言おうものなら卒倒されそう。

「所用で王都に来たついでに立ち寄ってみましたの。少し中を見学させていただいてもよろしいかしら？」

「ええ、もちろん構いませんよ」

見学する振りをして、先ほどの子供たちを探す。……あ、いたいた。私は庭で追いかけっこをしている集団へと近付いていった。

「あなたたち、さっきお城に来ていた子よね？」

「うわぁっ！」

「ご、ごめんなさい。はんせいしてるから、フライパンでたたかないで！」

怯えた表情で許しを乞われる。今ならマティス伯爵領の子供たちに警戒されていたシラーの気持ちがよく分かる。

「おかあさま、そんなことしないもん！」

ネージュ……私のために怒ってくれるのね。

「たたかないで、めらめらってするの！」

「めらめら⁉　ぼくたち、もやされちゃうの⁉」

「うわーん、こわいよぉ！」

子供たちから悲痛な叫びが上がった。ネージュとしてはフライパンの使い方を語ったつもりなのだろうけど、完全に誤解されている。

「私たち、みんなからお話を聞いてくるようにって、ラヴォント殿下にお願いされたの。さっき言ってた『祝日を作って』ってどういうこと？」

「おとこのこばっかりずるいって、おんなのこたちにいわれたんだ」

できるだけ優しい声で尋ねると、子供の一人が小さな声で言った。

「男の子ばかり……？」

話の要点が分からず、私は目を瞬かせた。しかしララは今の説明で理解したのか、「なるほど」と腑に落ちた顔になった。

「先日、青騎士の日があったじゃないですか。その日は男性たちが青いマントを羽織り、街中を行進するのが習わしになっているんです」

「男性だけ……」

ララの説明を聞いて、私もなんとなく話が読めてきた。青いマントをはためかせながら街を歩く彼らを見て、女の子たちは疎外感を覚えたのだろう。

「だから、おんなのこのひをつくってくださいって、おうさまにおねがいしにいったんだ。いいところをみせれば、モテモテになるとおもって」

彼らはどこか真剣な表情で頷き合った。

友達思いのいい子たちかと思いきや、動機が不純だった。まあ、そういうお年頃なのかしらね。

年に数回しかない貴重な祝祭日。だが女性が主役となる日がないのは、確かに不公平だ。

「おうさま、しゅくじつつくってくれるかな？」

「うーん……急には難しいかもしれないわね」

「そっか……」

「だ、だけど女の子たちのために、お祭りを開くことはできるわ」

「‼」

私が慌てて言い足すと、子供たちは顔を跳ね上げた。

「おまつりってなにするの⁉」

「何って……えーと、えーと」

何も考えてなかったでごわす。期待の眼差しが痛い痛い！

「ラ、ララ！　何かない？」

おもちゃ屋の孫にアドバイスを仰ぐ。突然話を振られ、ララは「えっ」と声を発した。

「女の子の祭り……可愛い人形やお花を飾ったりとかですかね」

「おにんぎょうと、おはなさん？　ネジュ、みたいみたーいっ！」

ララが捻《ひね》り出したアイディアに、ネージュが飛び付く。

「それと、女の子が喜びそうなごはんやお菓子を用意するとか！」

「なんだかひな祭りっぽくなってきたわね……」

「ヒナ祭り？」

私の何気ない呟きに、ララが反応する。

「ど、どこかの国でそういうお祭りがあるって聞いたことがあるのよ。確か～……女の子の成長と幸せを祈るものだったかしら？」

前世ではひな祭りと無縁の子供時代を送っていたから、すっかり忘れていた。

「おまつりなの？」

「そうよ。可愛いお人形を飾って、美味しいお菓子を食べるの」

「ふわぁぁ……ネジュ、ひなまちゅりしたいの！」

ネージュが琥珀色の目をキラキラと輝かせる。よっしゃ、ひな祭りやりましょう！……と思ったけれど、大きな問題があったわ。

「人形はどうしようかしら……」

「え？　ふつうのおにんぎょうじゃだめなの？」

子供の一人が不思議そうに聞いてくる。

「ええ。ひな祭りで飾るお人形は、特別なものなの。他にひな壇やぼんぼりも揃えたいし……」

一から用意するとなると、手間もお金もかかりそうだ。やるからには本格的にしたいけど……。

「奥様、旦那様に人形師や工芸職人を手配してもらうのはどうですか？　ついでに費用も出していただきましょう！」

ララが妙案とばかりに、笑顔で提案する。

「そ、それはちょっと、おんぶに抱っこ過ぎない？」

「大丈夫ですよ！　託児所の時だって、お金をたくさん出してくださったじゃないですか」

「あの時はいろいろとメリットがあったからで……」

「奥様のわがままなら、旦那様も喜んで叶えてくださいますって！」

ぐっと親指を立てながら、豪語される。そんなに上手く事が運ぶとは思えないんだけどな。

とりあえずダメ元で交渉してみますか。

その日の夜、私は早速シラーに話を持ちかけてみた。

「分かった。人形や飾りの準備は、こちらで引き受けよう」

「えっ、よろしいの!?」

「……何か問題でもあるのか？」

「そんなことありませんわ！」

シラーがむっとした顔をするので、私はぶんぶんとかぶりを振った。だけど今回ばかりは、流石に断られると予想していたからびっくりだ。

「独自の催し物を開催することで、施設の認知度をさらに向上させるんだ。王都では庶民の利用者はまだまだ少ないからな」

軽いノリで始めるつもりでいた私たちとは違って、しっかりと考えていらっしゃる。託児所の件といい、本当に頼りになる旦那様だ。

「ところで、ヒナ人形とはどんなものだ？　聞いたことがないが……」

「あ、そう思って絵を描いてきましたわ」

そう言いながら、私は持参してきた画用紙をシラーに手渡した。

「……これがヒナ人形か」

「ええ。この一番上の段に飾られているのが、男雛《おびな》と女雛《めびな》。その下にもお人形やひな道具がこんな感じに飾られていますのよ。多分」

「たぶん？」

シラーが驚いたように顔を上げる。

「そ、それがその……ちょっと記憶が曖昧《あいまい》でして……」

私は愛想笑いを浮かべながら、視線を逸らした。正直、男雛と女雛のポジションしか正確に覚えていない。

「ですから、細かい部分は職人の方々にお任せしようかなぁと……」

「さては君、匙を投げたな？」

「と、とにかく！　皆様の力を信じていますわっ！」

人生、時には他力本願寺。ほんとマジで申し訳ございません！

しかしこの時、私はシラーに重大なことを言い忘れていたのだった。

◆◇◆◇◆

ひとまず人形の件はシラーに任せるとして、次は食事について考えましょうか。

「ヒナ祭りって、どんなお料理を食べるんですか？」

布巾《ふきん》でフライパンを磨きながら、ララが尋ねてくる。

「確か……ちらし寿司とかはまぐりのお吸い物だったかしら。お菓子ならひなあられや桜餅ね」

「ヒナ……あられ？」

私が指折り数えながら挙げていくと、なぜかララが一瞬怪訝そうな表情をした。

「ちらしじゅし？　おしゅいもの？」

聞き慣れない料理名のオンパレードに、ネージュがこてんと首を傾げる。

ちらし寿司なんて、見た目も華やかで女の子たちも喜びそう。……なんだけど、この世界にはお米がないという難点が立ちはだかる。いや、あるにはあるんだけど、パサパサで粘り気の少ない品種なのよね。日本料理にはちょっと向いてないと思う。

それ以外でお洒落な料理となると、カナッペなんていいかもしれない。クラッカーや薄くスライスしたパンに、チーズや野菜など様々な具を載せた料理だ。一口サイズだから、子供たちも食べやすいだろうし。それに合わせて、はまぐりはクラムチャウダーにでもしようかしら。

さて、問題はお菓子だ。ひなあられも桜餅も材料がお米だから、作りたくても作れない。

「女の子が喜びそうなお菓子……」

私はチラリとネージュに目を向けた。

「ちなみにネージュは、どんなお菓子が好き？」

「えっとね、プリンとクッキーとケーキと……おかあさまがつくってくれるのぜんぶ！」

屈託のない笑顔で答えるネージュ。可愛いし嬉しいけど……！

「……そういえばさっき託児所で、女の子たちが話してるのを聞いたんですけど」

ララがふと思い出したように言った。

「最近王都では、『流れ星』ってお菓子が流行《はや》ってるそうです。見た目がとっても可愛くて、でもすごく美味しいって言ってました」

「見た目が……とっても可愛い……！」

まさに私たちが求めていたものだわ！

詳しく調べてみると、流れ星は近頃オープンした菓子店の人気商品で、毎日飛ぶように売れているのだとか。以前はマティス伯爵領に店を構えていたけれど、反乱が起こる前に王都に引っ越したそうだ。


善は急げと、翌日私たちは馬車で店へと向かった。

「私が買ってきますから、奥様は中で待っていてください」

「一人で大丈夫？」

「はい！　すぐに戻ってきますね！」

ララが颯爽と馬車を降りていく。それまでの間、私は寝て待つことにした。用心棒として連れてきたフライパンを抱えて、瞼を閉じる。車内が薄暗いおかげで、すぐに睡魔がやって来た。

「……さま、奥様！」

声をかけられて、パチッと目を開ける。私の目の前には、なぜかボロボロになったララの姿があった。エプロンドレスはところどころ破れ、メイドキャップも外れている。

「何があったの⁉」

眠気が一瞬で吹き飛んだ。

「私が行った時には、流れ星があと少ししか残っていなかったんです。そしたらお客さん同士で取り合いになっちゃって……あ、ちゃんとゲットしてきましたよ！」

ララはリボンの巻かれた瓶《びん》を誇らしげに掲げた。取り合いになったぐらいで、そんな状態に？暴力の街、王都……。

「そ、そんなに人気なの？」

「それが、一日に20個しか販売していないそうなんです」

「すっくな！」

「はい！　作るのがすごく大変なお菓子だって、店員さんが言ってました！」

私は瓶の中身をまじまじと見つめた。小指の爪ほどの大きさをした、色とりどりの粒が詰め込まれている。

「……ん？」

蓋を開けて1粒取り出してみる。トゲトゲしていて、まるで星のような形だ。口に含むと、砂糖の素朴な甘さがじんわりと広がった。

「こ……っ」

「奥様？」

うっかり口走りそうになり、すんでのところで言葉を飲み込む。

見た目も味も、金平糖《こんぺいとう》そのものだわ。まさかこの世界で食べられるとは思わなかった。

そういえば金平糖って、手作業で作るとなると、ものすごく手間ひまがかかるんだった。そりゃ一日に限られた数しか販売できないわけだ。

「ん～っ、甘くて美味しーっ！」

流れ星を一口食べたララが、幸せそうに頬を緩める。

「これなら、女の子たちも喜んでくれそうですね！」

ネージュには硬くてまだちょっと早いかもしれないけど、託児所の子供なら普通に食べられるだろう。

問題点を挙げるとすれば、一日の販売数が限られていることだ。

「私たちで全て買い占めるわけにもいかないし……」

「そのことなんですが、一応店員さんに相談してみたんです。そしたら、お客さんが少なくなった頃に、また来てほしいって言われました」

「ナイス、ララ！」

というわけで、私たちはカーテンの隙間から店の様子を窺いながら、時間が過ぎるのを待つことにした。カリカリと金平糖を噛み砕く音が車内に響く。客数が減り始めたのは、瓶の中身が半分減った頃だった。

「そろそろ行ってみましょうか」

「はい！」

店内は菓子店特有の甘い香りが漂っていた。「こちらへどうぞ」と店の奥に通されると、頭にバンダナを巻いた老人がドーナツを食べていた。私たちに鋭い眼光を向けてくる。

「おらぁ、この店の店主だ。あんたらが流れ星を大量に買いてぇって客だな？」

「は、はい」

めっちゃ怖い。私は緊張気味に事情を説明した。

「ガキどものために流れ星をねぇ……いいぜ。あんたらに協力してやろうじゃねぇか」

話を聞き終えた店主がニヤリと笑う。

「うちの孫娘も、そこの託児所に通ってんだよ。俺も息子夫婦も、いつも店のことにかかりきりだ。だからたまには、ジジイらしいことをしてやらなくちゃな」

店主はそう言って、残りのドーナツを頬張った。

「ありがとうございます、ご主人」

「それでだ。どうせなら、その日のために特別なもんを作ってやりてぇ。あんたらも、俺に協力してくれ」

「もちろんですわ！　私たちは何をすればよろしいの？」

「『赤い女王』を摘んできちゃくれねぇか」

「なんですか、それ？」

ララが目を瞬かせる。

「王都の外れにある果樹園でのみ栽培されているベリーだ。濃厚な香りと甘さが特徴で、その名の通り、果物界の女王と呼ばれていてよ。そいつの果汁で作った流れ星は、他のベリーで作ったもんに比べて味に深みがあって、綺麗なピンク色になるんだよ」

果汁入りの金平糖なんて、絶対美味しいに決まっている。私はもちろん引き受けることにした。ここまできたら、なんでもやってやろうじゃないの！

「おう、恩に着るぜ嬢ちゃん」

「それはこちらの台詞ですわ」

「ははっ、謙遜しなさんな。…………そんで、死ぬんじゃねぇぞ」

「はい？」

なんだ今の。

「そんじゃ、頼んだぜ！」

店主に力強く肩を叩かれる。痛いですわ。

「ベリー狩りですね、奥様！」

店主の不穏な発言が聞こえていなかったのか、ララは早くもやる気に満ち溢れていた。

「え、ええ。それはいいんだけど……」

「どうかしましたか？」

「えーと……なんでもないわ」

あれは幻聴だったのだろう。私は自分にそう言い聞かせた。

◆◇◆◇◆

ミニョンヌ果樹園。

王都の南方に位置する農園で、赤い女王以外にも様々な希少フルーツを栽培しているそうだ。

ここで収穫された果実は市場に出回ることが滅多になく、値段もべらぼうに高い。1個で庶民の給料1カ月分という、価格設定がバグってる品種もある。

そして貴族限定で、果実狩りも行われている。

「きのせーれーさん、いっぱいなの！」

果樹園に辿り着くと、ネージュは興奮気味に周囲をキョロキョロと見回した。

「思っていたより結構大きいところね……」

「最初はもっと小さな果樹園だったそうですよ。だけど木の精霊がたくさん棲み着いちゃって、勝手に園地を広げちゃったみたいです」

ララは腕まくりをしながら言った。

ほんとやりたい放題だな。だけど精霊の加護があるおかげで、ほったらかしでも自然に果実が育つらしい。ある日突然、新種の果物が発見されることもあるそうな。ハチャメチャ過ぎる。

園内の従業員に案内されて奥に進むと、ガラス張りの温室の前には数人の貴族が集まっていた。そのうちの一人にジロリと睨まれる。

「ふん、子連れか。あまり騒がないように頼むよ」

初対面のくせに失礼な人ね。

「そ、それでは、どうぞ中にお入りください」

刺々しい雰囲気の中、従業員が温室のドアを開ける。中から甘酸っぱい香りが溢れ出した。

温度が一定に保たれた室内で、イチゴによく似た植物が生育されている。マダムの一人が「まあ」と目を輝かせながら、植物に顔を寄せる。

「こちらが赤い女王ですのね。ああっ、この気品のある芳香とルビーのような赤い輝き……口にしてしまうのが勿体《もったい》ないくら……うっ」

マダムのポエムが突然止まった。何事かと、私たちも赤く実った果実をまじまじと凝視する。

イチゴだ。イチゴのような果実が真っ赤に熟していた。

そして、なぜか肌色の小さな手足が生えている。

「な、なんだね、これは」

先ほど私たちにメンチを切ってきたオッサンが、戸惑いの声を上げる。

「こういう品種なんですよ。あ、人の手に触れると手足は消えるのでご安心ください」

ニコニコと笑いながら、従業員が説明する。何を安心しろというのか。

「なんと面妖な……まあよい。早速いただくとしよう」

オッサンが果実へと手を伸ばす。すると従業員が「あっ、一つ言い忘れていたことが……」

と声を出した。

途端、果実が両足をわさわさと動かし始めた。そしてヘタの部分から伸びている茎を掴み、
ブチィッと自ら引きちぎった。

「キャアアアアッ!!」

マダムの絹を裂くような悲鳴が温室に響き渡る。それに反応して、他の果実も次々と茎を引きちぎっていく。

「おかあさま、みてみて！　くだものさん、はしってるの！」

「ひぇぇ……！」

私はネージュを抱きかかえてガタガタと震えていた。私以外の貴族たちも、目の前の光景に愕然としている。

「うひゃああっ！　気持ちわる……チュウゥゥッ⁉」

精神的ショックが強すぎたのか、こんな時に限ってララがネズミの姿になってしまった。

「皆様、落ち着いてください！　赤い女王は危険を感じると、二足歩行で逃げ出す習性があるんです！」

「それをさっさと言わんかバカ者！」

「私たち、赤い女王をいただけませんの⁉」

参加者たちから不満の声が上がる。

「ご安心ください！」

従業員が参加者に小さな籠《かご》と持ち手の長い虫取り網を配っていく。ちょっと待って、私たちに何をさせるつもり⁉

「先ほど申し上げたように、捕まえればただの果実に戻ります！」

「ワ、ワシらが捕まえるの？」

捨てられた子犬のような目でオッサンが問う。

「疲れた後の甘いものは格別でございます！」

やかましいわ！

「おかあさま、おかあさま。くだものさん、にげちゃうっ」

ネージュが困ったような表情で叫ぶ。見ると果実たちは、四方八方に逃げ出していた。

「さあ、急いでください！」

従業員が急かすようにパン、パンと手を大きく叩く。ああ、もうやるしかないか！　私たちは覚悟を決めて駆け出した。

「待て待てーっ！　……ぐぉっ！」

ちょこまかと逃げる果実に向かって虫取り網を振り上げた貴族が、目を押さえる。果実が自らの種をビュビュッと飛ばしてきたのだ。くっ……飛び道具とは卑怯《ひきょう》なり！

「チュウウウ……」

ララが頭に着けていたホワイトプリムをぺいっと投げ捨てた。そして俊敏な動きで果実に飛びかかっていく。私もこうしちゃいられない！

「出番よ、相棒！」

私がパチンと指を鳴らすと、温室のドアが勢いよく開いた。そこから馬車で待機させていたフライパンが颯爽と飛んでくる。右手に虫取り網、左手にフライパンを握り締める。

「おかあさま、がんばれーっ！」

ネージュの声援を受けながら、私は果実軍団へと走り出した。種攻撃をフライパンで防ぎつつ、網で果実を捕まえていく。じたばた暴れるそれを手に持つと、ふっと手足が消えて、ただのイチゴに変化した。

ララは一際《ひときわ》大きな個体と取っ組み合いをしていた。暫し膠着状態を続けた後、渾身の力を込めて相手を大きく投げ飛ばす。

「くだものさん、つかまえたっ！」

ララが投げた果実をネージュがキャッチするという、見事な連携プレーを披露している。

だが20粒ほど捕獲したところで、遠くから低い地響きが聞こえた。そしてそれは、ゆっくりとこちらへ近付いてくる。

「な、なんだあれは……!?」

貴族たちの顔に恐怖の色が浮かぶ。全長3メートルはゆうに超えるであろう巨大な赤い女王が、温室の窓をぶち破って侵入してきたのだ。

「あ、あれはおそらく、突然変異して巨大化した赤い女王です！　まさにマザー・オブ・クイーン……子供たちの危機を察知してやって来たのでしょう！」

従業員が驚きと興奮が入り混じった声で叫ぶ。そんな化け物までいるなんて、この果樹園ヤバくない!?

「ワ、ワタシ、ノ、コドモ……カエセ……！」

「ひぃぃぃ……人語を話しているぞ！」

「ここは危険です！　早く避難してください！」

従業員に促され、全員で温室を脱出しようとする。

「チュッ！」

ララが目の前の小石に躓《つまず》いて転んでしまった。そしてその後ろから迫り来る母イチゴ。

「ララ……っ！」

慌てて引き返すが、間に合わない。巨大な足がララの小さな体を踏み潰そうとして——

「だめーーっ!!」

ネージュの叫び声に、母イチゴの動きがぴたりと止まる。ネージュはララの元に駆け寄ると、眼前の巨体を睨み付けた。

「ララにいたいことしたら、ゆるさないのっ！」

「ウ……ッ」

「めっ、なの！」

「ウゥ……ワカッ、タ……」

……言葉が通じている？　母イチゴがくるりと背を向け、静かに立ち去っていく。

とりあえず危機は去り、私は深く息を吐いた。どうして果物狩りに来ただけなのに、こんなに疲れているんだろう。

「……もしよかったら、ワシの分をもらってくれんかね」

「私の分も受け取ってくださらない？」

「え？　あ、あの……」

他の参加者たちが神妙な面持ちで、赤い女王を差し出してくる。

「あんなに苦労して手に入れたものなのに……よろしいの？」

「うむ……忙しなく動いている姿を見ていたら、食べる気が失せてしまったのだよ」

この短時間でメンタルをやられちゃってる……。

「他にも、フライパンが空を飛んでいたり、メイドがネズミになったり、変なものをいろいろ見た気がしますわ……私、疲れてるのかしら……」

マダムが額を押さえながら、ボソボソと呟いている。変なものをお見せして、すみませんでした……。

◆◇◆◇◆

こうして大量の赤い女王をゲットした私たちは、帰りがてら菓子店へ届けに行った。が、

「このくらいありゃ十分だ」と半分以上返されてしまった。

「チュ、チュチュ！」

体力を消耗してしまい、ハムちゃんになったままのララが赤い女王を指差す。ネージュも真剣な表情でじーっと見つめている。

「……1粒食べてみましょうか」

「うんっ！」

「チュウーッ！」

私の言葉にはしゃぐ2人。実は私も、ちょっと食べてみたいと思っていたのだ。少し小ぶりなものを選んで口に含む。

「こ、これは……っ！」

口の中にぶわっと広がる高貴な香り。果肉は柔らかく、噛み締める度に濃厚な果汁が溢れ出す。酸味が少ない分、甘みが強くてコクのある味わい。女王の名に相応《ふさわ》しい美味しさだわ……！

「おいしいね、ララ！」

「チュウ！」

ネージュとララも大満足なご様子。

生のまま食べても十分美味しいのだけれど、これだけたくさんあることだし何か作りたい。

というわけで、試作開始！

まずはヘタを取った果実をフライパンに入れて、弱火でじっくりと煮詰める。そこに砂糖とレモン汁も加えて、味の調整をしながらとろみを付けていく。柔らかくなったら、マッシャーで形がなくなるまで根気よく潰す！　こういう時、ミキサーやブレンダーの存在の大きさを思い知らされる。

最後にしっかり裏ごしをしたら、イチゴのピューレの完成。よく冷ましたものを、ネージュに味見してもらう。

「あまくておいしいのー！」

よしよし、いい感じね。次は卵を卵黄と卵白に分けて、それぞれ別のボウルに入れる。卵黄には砂糖、食用油、薄力粉、ベーキングパウダー、先ほど作ったピューレを加えて混ぜる。卵白は砂糖を加えたら、空気を含ませるように混ぜ続け、メレンゲを作っていく。

「ふぬぬぬぬ……っ！」

この作業が一番の山場といっても、過言ではない。腕の感覚がなくなってきたわ……！

「がんばれ、がんばれ、おかあさまっ！」

「チュ、チュ、チュチュウッ！」

「ありがとう、2人とも……！」

死闘の末に完成させたメレンゲを卵黄に少しずつ加え、メレンゲを潰さないようにさっくりと混ぜる。そして真ん中に穴が空いている型に流し込み、石窯でじっくり焼けば……シフォンケーキの出来上がり！

「はいどうぞ、ネージュ」

最初の一口はもちろんネージュから。口を大きく開けて、ぱくんと食べる。

「ん〜！　ふわふわ〜っ！」

感動を表現するように、ぴょんぴょんと飛び跳ねている。シフォンケーキはたっぷりのメレンゲや油を使っているので、軽やかな食感に仕上がるのだ！

「……うん、美味しい！」

ふんわりとした口溶けと、ほんのり香るイチゴの風味。くたくたになりながら、作った甲斐があったわ。

「チュー……」

「はい。ララにはまた今度作ってあげるからね」

ララがこっそりケーキに前脚を伸ばそうとするので、代わりに向日葵の種を渡しておいた。口を半開きにしてこっちを見てくるけど、ダメなものはダメです！

そして、とうとう迎えたひな祭り当日。私たちは嬉々としながら託児所を訪れた。ララも無事に人間へと復活を遂げて準備万端！

「おう、嬢ちゃんたちも来たか！」

先に到着していた菓子店の店主が、こちらに向かって手を上げる。その傍らには、金髪の少女がぴったりと寄り添っていた。

「こいつがうちの孫娘だ。とっても可愛いだろ？」

「こんにちは！」

女の子はぺこりと頭を下げた。ネージュも「こんにちは！」とお辞儀をする。

「ご主人。それで例のブツは……」

「おう、ちゃんと作ってきたぜ」

店主がにっと白い歯を見せながら、近くのテーブルに目を向ける。そこには赤いリボンが巻かれた瓶が並んでいた。その中には、薄紅色の金平糖が詰められている。

「わー！　綺麗ですね！」

ララが瓶の一つを手に取って、眺めている。

「あんたらのおかげで、最高の流れ星ができたぜ。ありがとよ」

「ありがとうございます、おねえさん！」

「いえ。私はほんの少しお手伝いをしただけですわ」

そう、手足が生えたイチゴたちと激戦を繰り広げただけで。

ところで、シラーに頼んでおいたひな人形は、まだ来ないのだろうか。「当日には間に合うように手配した」って言われていたけれど、少し心配。

ふと窓に視線を向けると、遠くから1台の馬車が走ってくるのが見える。それは託児所の前で、緩やかに停まった。荷台を覆う防水布には、ナイトレイ伯爵家の紋章が刺繍されている。

よかった、ギリギリで間に合った！　しかし気になることが一つある。ララも同じことを思ったのか、怪訝そうに指摘した。

「あの馬車、何かやけに大きくないですか？」

「大きいわよね……」

大型トラック並みのサイズだ。謎の緊張感が漂う中、荷台からひな壇らしきものが下ろされていく。

デカい。私が想定していた10倍近くの大きさだ。建物の中に入れることができず、ひとまず庭に置くことにしたらしい。その場で遊んでいた子供たちが、ぽかんと口を開けている。

私は居ても立っても居られず、外に飛び出した。すると、ちょうど人形を運び出している最中だった。

当然人形もデカかった。屈強な男性がテディベアのように抱きかかえて運搬している。いや、もはや大きさなど、些細な問題だった。

フリフリのレースをあしらったドレスを着せられた、丸々としたボディ。いや、服装もどうでもいい些事だ。和装を再現することなど不可能だと、初めから分かり切っていた。

問題は顔だった。まず全体的に黄色い。そしてなぜか鼻と口がなく、代わりに菱形のくちばしがちょこんと付いていた。

どう見ても人間ではない。可愛いお洋服を着せられた、ヒヨコのぬいぐるみだ。

「…………えっ⁉」

あまりの衝撃に、一瞬思考が止まる。私は数秒遅れてから素っ頓狂《とんきょう》な声を上げた。

「うわぁっ、でっかい！　だけど、可愛いですね～」

私を追いかけてきたララがぬいぐるみを見て、頬を緩ませる。

「違う、ララ！　これ私、頼んだもの違うね！」

パニックに陥りながら、私は必死に首を横に振った。

「ど、どういうことですか⁉」

「私にも全然分かんない！」

私が嘆いている間にも、続々とヒヨコのぬいぐるみが荷台から下ろされ、ひな壇に飾られていく。燕尾《えんび》服を着ているのもいれば、メイドの格好をした子もいる。

「ピヨちゃん！　ピヨちゃんがいっぱいっ！」

順調に形成されていくピヨちゃんオン・ザ・ステージに、ネージュは大はしゃぎだ。一方私は大困惑だった。

「どうしてヒヨコなんかに……！」

「えっ、ヒヨコなのは別にいいんじゃないですか？」

「何言ってるの、一番重要なところよ⁉」

「え？　私、ヒナ人形って、頭の部分がヒヨコの形をしたお人形さんだと思ってたんですけど」

「‼」

ララに恐る恐る尋ねられ、私はピシリと凍り付いた。

「そんなことないわよ！　純度１００％の人間よ！」

「そうだったんですか⁉」

その反応が全てを物語っていた。

「そ、そういえば先日、ヒナあられってお菓子があるって仰ってましたよね？　あれって、ひな鳥をミンチ状にしたものだと思ってたんですけど……」

「ノンノンッ！　ひなあられはお米のお菓子よ！」

だからあの時、微妙な顔をしていたのか！　この調子だとシラーも絶対に勘違いしていると思う。

「だけど私、１００％私のせいだから、旦那には一切非がないのだが。……ん？　ちょっと待った。

「だけど私、ひな人形の絵を描いて説明したわよ!?」

「奥様の描かれた絵では、人間だと判別できなかったのでは……」

「うっ……！」

私は否定できずに、目を泳がせた。自分の絵心のなさは、薄々自覚はしていたのだ。たぶん私より、４歳児のネージュの方が絵が上手い。

「それに、あの子たちは大喜びですし、結果オーライですよ！」

ララはそう言いながら、庭に目を向けた。突然現れたヒヨコのぬいぐるみに子供たちは興味津々な様子だった。撫でたりつついたり、両手を大きく広げて抱き着く子もいる。

……子供たちが気に入ってくれたなら、まあいいか。

ヒヨコたちを一通り運び終えると、荷台からひな道具らしきものも出てきた。黄金のキャンドル、銀細工のジュエリーボックス、宝石を鏤めた聖杯、クリスタル製の白鳥のオブジェ……

ダメだ、目眩《めまい》がしてきた。よく見ると、ヒヨコたちの目のパーツにも宝石が使われている。

ひな壇の豪華度が一気に増した。これは触ってはいけないものだと幼心に感じたのか、群がっていた子供たちが静かに後退りする。

「おう、こいつが嬢ちゃんが言ってたヒナ人形ってやつか」

外に出てきた店主がひな壇をしげしげと眺める。

「わけ分かんねぇな。なんだこりゃ」

その問いに私は「さぁ……」としか答えられなかった。一番上の段に青いドレス姿のヒヨコと、黒いジャケットを着たヒヨコが飾られていることで、かろうじてひな人形要素が残っている。

だがしかし、私がイメージしていたものとは大きくかけ離れていた。

「というか、旦那様お金かけすぎよ……！」

総額はいくらだろうか。恐ろしくて考えたくないし、さっきから変な汗が止まらない。そりゃ細かい部分は職人に任せるとは言いましたけど！

「奥様、なんだか騒がしくなってきましたから、一旦中に戻りましょう！」

騒ぎを聞き付けたのか、都民たちが集まり始めている。私はララと顔を見合わせると、ネージュを連れて託児所の中に避難した。

職員たちとともに、料理やデザートをテーブルに並べていく。大量の赤い女王も、生のまま皿に盛られている。カナッペやクラムチャウダー以外にも、ローストビーフやサーモンのテリーヌ、ラタトゥイユなど様々な料理が作られた。託児所の近くのレストランが協力してくれたのだ。

飲み物は『ペルルの雫《しずく》』。乳白色のジュースで、ミニョンヌ果樹園の直売所で購入したものだ。ペルルとは真珠のような見た目をした果実で、生のままだと淡白な味なのだが、熱を加えると独特の甘みが出てくる。試飲してみると、どこか甘酒に似た風味だった。大人用にアルコール発酵させて作ったお酒バージョンもある。こちらは甘さ控えめで、少し酸味がある。

「このおはな、ネージュちゃんがさかせたの⁉」

「うん！　ネジュ、がんばったのー！」

パーティー会場に飾られている花は、全てネージュが魔法で咲かせたものだ。「ネジュもおてつだいする！」というのでお任せした。以前のように魔力切れを起こさないか少し不安だったけれど、元気そうにお喋りしている。

そして天井から吊るされた輪飾りや、壁に貼り付けたフラワーポムは、子供たちのお手製だ。私が作り方を教えると、みんな張り切って作っていた。

「こういうのって、なんだか特別感がいいですね」

会場を見回しながらララが言った。私も小学生の頃に戻ったようで、少し懐かしい気分だ。

あらかた準備が終わると、私とララは奥の部屋に引っ込んだ。託児所の周りに人だかりができているので、ほとぼりが冷めるまで2人だけの慰労会をして過ごすことにした。

2人のグラスにペルルの雫を注いで……。

「「それじゃあ、かんぱーいっ！」」

疲れた体に甘いものが染み渡るわ。豪勢な料理に舌鼓を打ちながら、お互いの健闘を称え合う。死ぬ思いもしたけれど、充実した日々だった。

会場からも子供たちのはしゃぐ声が聞こえてくる。しかしそこに、突然大人たちの叫び声が混じった。

「な、なんだろう？」

「ちょっと私、見てきますね」

そう言ってララが会場へ向かう。1分も経たずに、ララの甲高い悲鳴が聞こえてきて、私はジュースを噴き出した。

な、何事!? 私も慌てて現場へ急行する。すると会場には、2名の闖入者がいた。1名は子供たちと楽しくお喋りをしていて、もう1名はカナッペを齧っている。そして呆然と立ち尽くす大人たち。

前者はラヴォント王子殿下、後者はレグリス王太子殿下だった。

「ど、どうしてお2人がこちらに……!?」

「姿が見えぬと思ったら……どこにいたのだ、ナイトレイ伯爵夫人」

2個目のカナッペに手を伸ばしながら、レグリスが私に問う。

「別のお部屋に……いえ、ですから、なぜこちらにいらっしゃるのですか!?」

私が再び聞き返すと、レグリスから不思議な答えが返ってきた。

「製作者として、出来栄えを確かめに来たのだ」

「せ、せいさくしゃ？」

「ん」

レグリスはカナッペを齧りながら、庭を指差した。正確には、ひな壇に飾られているヒヨコを。

「あの人形たちを作ったのは、この我だ」

「「えええええっ!?」」

本日一番の衝撃だった。会場に大きなどよめきが走った。

「うむ！　父上はなんでも作れるのだぞ！」

誇らしげに胸を張るラヴォント。

「そなたたちが何やら楽しそうなことをしていると、風の噂で聞いたのでな。我も混ぜてほしいとナイトレイ伯爵に頼んだ」

そんな話、一言も聞いておりませんが⁉

「子供の落書きのような絵を渡され、この通り頼むと言われた時は流石に困惑したが、この我に不可能はない」

「落書き……」

顔から火が出そうだ。穴があったら入りたい……。

「特に一番上のあの2体……あやつらだけは、伯爵から細かい指定が入った」

「そうでしたの？」

私はその2体をまじまじと見た。女の子ヒヨコは他より毛並みが白く、目の部分に緑色の宝石が使われている。対して男の子ヒヨコの目は、ルビーレッドの輝きを放っていた。

まるで私とシラーのようだ。そう思い至った途端、顔が熱くなった。

「おかあさま、どうしたの？　くだものさんみたいに、おかおまっかっか！」

ネージュが不思議そうに目をぱちくりさせている。

「な、なんでもないのよ、ネージュ」

笑顔を取り繕いながら、私は深呼吸を繰り返す。あの人のことだから、特に深い意味はないと思う。思うんだけど、やっぱり心臓に悪い。
気を紛らわすために頰張った赤い女王は、なんだかいつもより甘酸っぱく感じた。

あとがき

こんにちは、火野村志紀です。

この度は『あなた方の元に戻るつもりはございません！』の第二巻をお手にとっていただき、誠にありがとうございます。

おかげさまで、第二巻を刊行していただくことになりました。まさかの続刊……！　多くの方々に感謝いたします。

今巻ではハチャメチャな姉妹喧嘩から始まってララがネズミになったり、変な図書館に行ったり、子供たちのお世話をしたり、元カレ一家と対決したりと、ジェットコースターのような内容になっております。書いてる本人も「うおお……！」と振り落とされそうになりながらも、楽しく書かせていただきました。

ラヴォントのようにしっかりしているようで、ちょっと抜けている男の子は書いていて楽しいです。クロードのように内気だけど、やる時はやる男の子も好きです。

番外編では、みんな本編以上に暴れてもらいました。イチゴたちも大暴れです。

アンゼリカとシラーの関係も、進展したようなしていないような……。

ここからは、お世話になった方々へ。

担当編集の中島様と柳川様。原稿のチェックやスケジュールの調整などで、今回も大変お世話になりました。本当にありがとうございます……！　いつもギリギリを生きている限界人間なので、お手数をおかけしました。

イラストレーターの天城望先生。今回も綺麗でキュートな表紙イラストと挿絵をありがとうございました！　天城先生の描かれるイラストは色遣いが美しく、表情豊かな登場人物がとても魅力的です。表紙をじっくりご覧になっていただくと分かるのですが、ハムちゃん化したラや水差し丸の本体（？）も可愛らしいタッチで描いてくださったので、まだお気付きでない方は、こちらを読んだ後にご確認くださいませ……！

そして読者の皆様。『あなた方の～』の二巻を読んでいただきまして、ありがとうございます。この作品を少しでも「面白かった！」と思っていただければ幸いです。

それでは失礼いたします。

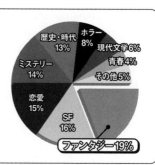

転生幼女は教育したい！
～前世の知識で、異世界の社会常識を変えることにしました～
Ryoko　イラスト フェルネモ
5歳児だけど、
“魔法の真実”に気づいちゃった！
規格外な幼女が
異世界大改革!?
バイクに乗って旅をするかっこいい女性に憧れた女の子は、入念な旅の準備をしました。外国語を習い、太極拳を習い、バイクの免許をとり、茶道まで習い、貯めたお金を持って念願の旅に出ます。
そして、辿り着いたのは、なぜか異世界。え、赤ちゃんになってる!?　言語チートは!?　魔力チートは!?
まわりの貴族の視線、怖いんですけど!!　言語と魔法を勉強して、側近も育てなきゃ……
まずは学校をつくって、領地を発展させて、とにかく自分の立場を安定させます!!
前世で学んだ知識を駆使して、異世界を変えていく転生幼女の物語、開幕です！
定価1,430円（本体1,300円＋税10%）　ISBN978-4-8156-2634-1
ツギクルブックス
https://books.tugikuru.jp/

ちったい俺の
巻き込まれ
異世界生活
1〜6
著 ぬー
イラスト こよいみつき
2024年9月、
最新7巻発売予定！
異世界転生したら幼児になっちゃいました!?
コミカライズ企画進行中！
ちったい俺でも
異世界を楽しんでいい？
巻き込まれ事故で死亡したおっさんは、幼児ケータとして異世界に転生する。聖女と一緒に降臨したということで保護されることになるが、第三王子にかけられた呪いを解くなど、幼児ながらに次々とトラブルを解決していく。
みんなに可愛がられながらも異才を発揮するケータだが、ある日、驚きの正体が判明する――
ゆるゆると自由気ままな生活を満喫する幼児の異世界ファンタジーが、今はじまる！
1巻：定価1,320円（本体1,200円＋税10%）978-4-8156-1557-4
2巻：定価1,320円（本体1,200円＋税10%）978-4-8156-1558-1
3巻：定価1,320円（本体1,200円＋税10%）978-4-8156-1918-3
4巻：定価1,320円（本体1,200円＋税10%）978-4-8156-2155-1
5巻：定価1,320円（本体1,200円＋税10%）978-4-8156-2322-7
6巻：定価1,430円（本体1,300円＋税10%）978-4-8156-2323-4

社交界の毒婦とよばれる私
来須みかん
イラスト 眠介
~素敵な辺境伯令息に腕を折られたので、責任とってもらいます~
はいはいお望みどおり、頭からワインをぶっかけてあげますね！
「小説家になろう」異世界恋愛ランキング年間1位！(2024/3/14時点)

転生少女は救世を望まれる
1~2
~平穏を目指した私は世界の重要人物だったようです~
蒼井美紗
イラスト：蓮深ふみ
目指すは
ほのぼの 平穏
異世界暮らし!
……のはずが、私が世界の重要人物!?

プライベートダンジョン
～田舎暮らしとダンジョン素材の酒と飯～
著：じゃがバター
イラスト：しの
鶏に牛、魚介類などダンジョンは食材の宝庫！
シリーズ累計 65万部
『異世界に転移したら山の中だった。反動で強さよりも快適さを選びました。』の著者、じゃがバター氏の最新作！
これぞ理想の田舎暮らし!?
ある日、家にダンジョンが出現。そこにいた聖獣に「ダンジョンに仇なす者を消し去るイレイサーの協力者になってほしい」とスカウトされる。ダンジョンに仇なす者もイレイサーも割とどうでもいいが、ドロップの傾向を選べるダンジョンは魅力的――。
これは、突然できた家のダンジョンを大いに利用しながら、美味しい飯のために奮闘する男の物語。
定価1,320円（本体1,200円＋税10%）
ISBN978-4-8156-2423-1

2024年7月、
最新17巻
発売予定！
もふもふを
知らなかったら
人生の半分は無駄
にしていた
1〜16
著／ひつじのはね
イラスト／戸部淑
冒険あり、癒しあり、笑いあり、涙あり
もふもふたちに囲まれた
異世界スローライフ！
魂の修復のために異世界に転生したユータ。異世界で再スタートすると、
ユータの素直で可愛らしい様子に周りの大人たちはメロメロ。おまけに妖精たちがやってきて、
魔法を教えてもらえることに。いろんなチートを身につけて、目指せ最強への道？？
いえいえ、目指すはもふもふたちと過ごす、
穏やかで厳しい田舎ライフです！
転生少年ともふもふが織りなす
異世界ファンタジー、開幕！
定価1,320円（本体1,200円＋税10％） ISBN978-4-8156-0334-2

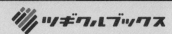

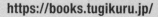

ツギクルブックス

愛読者アンケートに回答してカバーイラストをダウンロード！


愛読者アンケートや本書に関するご意見、火野村志紀先生、天城望先生へのファンレターは、下記のURLまたは右のQRコードよりアクセスしてください。

アンケートにご回答いただくとカバーイラストの画像データがダウンロードできますので、壁紙などでご使用ください。

https://books.tugikuru.jp/q/202405/anatagatanomoto2.html

本書は、「小説家になろう」（https://syosetu.com/）に掲載された作品を加筆・改稿のうえ書籍化したものです。

あなた方《がた》の元《もと》に戻《もど》るつもりはございません！2

2024年5月25日　初版第1刷発行

著者　火野村志紀《ひのむらしき》

発行人　宇草 亮
発行所　ツギクル株式会社
〒105-0001　東京都港区虎ノ門2-2-1
発売元　SBクリエイティブ株式会社
〒105-0001　東京都港区虎ノ門2-2-1

イラスト　天城望
装丁　株式会社エストール

印刷・製本　中央精版印刷株式会社

定価はカバーに表示してあります。

乱丁本、落丁本はお取り替えいたします。

ISBN978-4-8156-2646-4
Printed in Japan